KB013294

작가특강 ● 삶에 지칠 때 작가가 버티는 법 ○ 곽재식

글 곽재식

삶에 지칠 때
작가가 버티는 법

북스피어

목차

우연한 독서기

세상에서 상영시간이 가장 긴 무성 영화는 무엇일까? 한동안 상영 시간이 가장 긴 무성 영화라고 불렸던 영화 중에 1963년작 〈잠Sleep〉이 있다. 이 영화는 무려 5시간 21분이나 되는데 다른 내용은 아무것도 없고 그저 어떤 사람이 나와서 잠자는 모습을 끊임없이 보여 준다. 들리는 소문에 따르면 이 영화가 처음 개봉되었을 때 아홉 명이 보기 시작했는데, 한 시간이 지나기도 전에 두 사람이 자리를 박차고 나왔다고 한다.

나는 영화 보는 것을 무척 좋아하여 재밌거나 재미없거나 어떤 내용을 다루거나 말거나를 따지지 않고 뭐든 본다. 다만 이상한 영화를 일부러 찾아다니는 편은 아니다. 〈잠〉 같은 영화를 보려고 찾아다닌 적도 없다. 그렇다면 어디서 이런 영화 이야기를 들었을까?

어릴 때 집에 굴러다니던 이상한 책에서 우연히 그런 내용을 읽었다. 아주 두꺼운 책이었는데 음악, 미술, 영화, 텔레비전, 라디오, 문학에 관한 잡다한 내용이 잔뜩 들어 있었다. 특히 마지막 즈음에는 '이것이 세계 제일'이라는 단원이 있다. 거기에 『기네스북』의 내용을 옮긴 듯한 세계 최고의 기록들이 주욱 나온다. 세계에서 가장 높은 빌딩, 세계에서 가장 돈이 많은 사람, 세계에서 가장 높은 산 등등을 짤막짤막하게 적었는데 그중에 '세계에서 가장 긴 무성 영화'도 있었던 것이다. 집 안에 굴러다니던 무슨 '생활백과' 같은 책을 어릴 때 집어 들어 심심풀이로 읽다가 이상하고 잡스러운 상식을 많이 익혔다는 추억 고

백을 다른 사람의 글에서 몇 차례 읽었다. 그 책도 아마 비슷한 부류였으리라. 나는 갓 한글을 깨우친 때부터 이 책을 좋아했다. 읽기 힘든 세로쓰기 책이었고, 어려운 말도 많아서 알아들을 수 없는 내용이 대부분이었다. 그렇지만 겨우겨우 따라 읽다 보면 '세계에서 가장 긴 무성 영화' 같은 재미난 이야기도 알게 된다. 그래서 작심하고 한참 붙들고 있기도 했다. 그림이나 삽화가 많이 실려 있는 점도 좋았다. 책 앞쪽에는 여러 가지 미술 상식을 알려 준다면서 고대의 그림부터, 유명한 중세 시대 그림, 인상파 화가나 입체파 화가의 그림이 나와 있었다. 일부러 미술관에 가서 그림을 보거나 미술 책을 구입할 일이 없는 어린아이의 눈에는 모두 처음 대하는 신기한 그림이었다. 고대 그리스 신화의 놀라운 장면을 담아낸 르네상스 시대의 그림은 보고 있기만 해도 온갖 이야기가 머릿속에 떠오르는 듯했다. 한편 이상한 형체를 그려 놓은 알 수 없는 모양이 대단한 그림이 된다는 추상 미술의 세계도 이 책 덕분에 알았다. 나는 지금도 르누아르의 그림을 좋아한다. 내가 미술에 대단한 감식

안이 있기 때문이 아니라, 이때 마주한 유명한 그림 중에서 르누아르의 그림이 제일 그럴듯해 보였기 때문이다.

별별 잡다한 내용 가운데 내가 가장 좋아했던 부분은 단연 '라디오 텔레비전의 원리'라는 단원이었다. 몇 번이고 반복하여 읽은 대목이라서 소제목까지 정확하게 기억하고 있다. 본문에는 라디오와 텔레비전이 어떤 식으로 작동하는지, 그러니까 마이크는 소리를 어떻게 받아들이고 어떻게 전기로 변하며 어떻게 전파로 변해서 하늘을 날아다니는지 등의 내용이 설명되어 있었다. 삽화와 도면도 곁들여 놓았다. 삽화의 질은 훌륭했다. 그냥 보고만 있어도 왠지 좋은 자료라는 느낌이 들어 즐거웠다. 원리를 알 수 없지만 말소리가 기계에서 흘러나오는 신비롭고 복잡한 장치에 대한 지식을 알려 준다는 점도 나를 혹하게 만들었다. 회로, 발진, 증폭, 동조, 검파처럼 이해할 수 없는 단어들을 반복해서 읽는 것만으로도 어렴풋하게 무언가 알게 되는 기분이었다. 간단한 구조의 게

르마뉴 라디오에서부터 점점 구조가 복잡한 형태의 라디오들, 진공관 라디오와 트랜지스터 라디오를 차근차근 보며 나는 점점 더 빠져들었다. 심지어 이 책을 참고해 직접 라디오를 만들어 보고 싶다는 생각까지 했다. 그러자면 부품이 필요한데 그런 부품을 파는 곳이 어디에 있는지도 잘 모르는 어린이였던지라 집 안에 있는 시계나 라디오 같은 가전제품을 분해해서 부품을 뜯어내야겠다고 생각했다. 그런데 가만히 생각해 보니, 멀쩡하게 잘 돌아가는 좋은 라디오를 뜯어서 실험적이고 간단한 라디오를 만드는 데 도전하겠다는 계획은 앞뒤가 맞지 않는 듯했다. 결국 실험은 무위로 끝났다. 하지만 그러고도 한동안 길거리에 버려진 전자제품을 발견하면 부품을 잘 골라서 뜯어낸 뒤 내 손으로 라디오를 만들어 내는 상상을 자주 했다.

이것이 내가 어릴 때 가장 오랫동안 여러 번 읽었던 책이다. 이 책은 아버지가 사다 놓으신 교양 서적 가운데 하나였는데, 내가 처음 발견했을 때부터 이미 오래되어 표지가 다 바래 있었다. 게다가 튼튼한 하드커버로 되어 있던 앞표지가 뜯긴 상태였다. 나는 책을 쌓아 탑이나 담벼락 만들기를 좋아했는데, 이 책은 워낙 크고 두꺼웠기 때문에 계단처럼 딛고 올라가거나 의자처럼 깔고 앉는 일도 많았다. 그러니 정확하게 기억은 안 나지만, 아마 한글을 모르던 더 어린 시절 내가 그 책의 표지를 뜯어내서 망가뜨렸을 것이다. 나는 초등학교 고학년 때까지도 이 책을 자주 들추어 보았다. 그래서 제목이 적혀 있던 옆면의 모양도 대강 기억이 난다. 한자를 많이 섞어서 쓴 제목이었는데, '현대인을 위한'이라는 제목 맨 앞부분만은 정확히 알고 있었다. 그 뒤의 제목은 한자도 어려웠고 글자 색도 눈에 잘 안 보일 정도로 낡아 있었다. 하지만 '현대인을 위한'까지는 색깔이 선명했고 '현대인'이라는 말은 초등학생 고학년이었던 내가 우연히 읽을 수 있는 한자였기 때문에 책꽂이를 마주할 때마다 눈에 들어왔다.

이 책에 대해 생각하다가 한 가지 깨닫게 된 사실

이 있다. 지금껏 내가 읽은 책 중에는 무슨 명작도 아니고 별다른 애착도 없어서 대충 읽었을 뿐이지만, 따져 보면 꽤 영향을 받은 경우가 많다는 사실이다. 큰 감동을 주었거나 대단한 걸작으로 마음속에 품고 있던 책만 사람에게 영향을 미치거나 삶을 바꾸는 것은 아닌 듯하다. 잠깐 눈에 들어왔거나 아무도 걸작이라고 하지 않았지만 열심히 여러 번 봤던 책도 명작 못지않게 중요하다. 오며가며 들추어 보던 책, 슬슬 책장을 넘기다가 읽은 별것도 아닌 문장이 계속 따라오면서 사람의 마음을 만든다. 무슨 뜻인지도 모르는 책을 넘기다가 발견한 삽화나 자료 사진 한 장이 호기심을 불러일으켜 새로운 관심사를 만들 수도 있다.

그러고 보면, 궁금증을 클릭 한 번으로 검색해 주는 인터넷 시대에는 우연히 새로운 세계에 빠질 기회가 상대적으로 줄어들지 않았나 싶다. 텔레비전에서 몇 시간이고 VOD만 골라 볼 수 있고, e북 사이트에서 좋아하는 작가의 글만 내내 읽을 수도 있으니, 표지가 떨어져 나간 낡은 세로쓰기 책을 뒤적거리며 시간을 보낼 일은 드물다. 그렇다고 내가 인터넷 시대에 불만이 있다는 것은 아니다. 나는 인터넷 시대를 사랑한다. 인터넷 시대는 인터넷 시대 나름대로의 장점이 있다. 만약 인터넷이 아니었다면 어떻게 〈잠〉이 영화답지 않은 영화를 일부러 만든다는 특이한 발상을 구현하기 위해 앤디 워홀이 만든 작품이라는 사실을 알 수 있었겠는가? 국립중앙도서관 웹사이트가 아니었다면, 유일하게 기억하고 있었던 '현대인을 위한'이라는 제목 앞부분과 '라디오 텔레비전의 원리'라는 단원 제목만으로 어떻게 이 책이 1970년 휘문출판사에서 펴낸 '현대인을 위한 교양취미대백과'이며 내가 읽은 것은 세 권짜리 시리즈 중 1권일 뿐이었다는 사실을 알 수 있었겠는가? 다만 제트기를 타고 여행을 하는 세상에서도 가끔 마차를 타고 공원을 돌아보는 여흥이 재미있듯이, 요즘 같은 인터넷 세상을 조금 더 보완해 줄 수 있는 뭔가가 있다면 좋겠다는 생각이 들었을 뿐이다.

내가 쓴 소설이 처음 팔린 순간

2005년경의 어느 무료한 날, 인터넷 검색 사이트에서 '곽재식'을 입력해 보았다. 나는 지금도 내 이름을 종종 검색한다. 다른 사람들이 뭐라고 하는지 신경 쓰지 않고 산다는 작가에 대해서도 들어 보긴 했지만, 아직 그런 경지에는 이르지 못했다. 초연한 쪽으로 나아가고 있지도 않다. 요즘도 하루 걸러 한 번 정도는 '이제 내 글을 읽는 사람이 조금 더 늘었을까?', '이번에 새로 쓴 글을 재밌다고 해 주는 사람이 한둘이라도 있을까?' 그런 걱정을 하며 내 이름을 검색한다.

2005년의 그날 '곽재식'으로 검색했을 때 새롭게 나타난 결과 중에는 이전에 보지 못했던 소설이 한 편 있었다. 내가 아니라 다른 사람이 쓴 소설이었는데 등장인물 중에 '곽재식'이 있었다. 신기하다는 생각이 들었다. 우선 '재식'이라는 이름부터가 너무 예스러워서 요즘 사람이 쓴 소설에 쉽사리 등장할 법하지 않다. 성격과 인상을 가지고 있는 소설 속 등장인물의 이름이라기보다는 자치 소방대원 명단이라든가 전국 떡볶이 가게 협의회 시군별 지부장 목록 같은 좀 개성 없어 보이는 자료에 더 어울리는 이름이다. 게다가 '곽'이라는 성씨도 흔하지는 않다. 대한민국에 20만 명가량이나 살고 있다고 하니 아주 드문 성은 아니지만, 인구가 많은 성씨 순서로 따지면 30위권에서도 밀려난다. 1천만 명이 넘는 김씨와 비교해 보면 소설에서 기대할 만한 성씨라는 느낌은 아니다. 그런데 그 소설의 등장인물은 '재식' 중에서도 하필 '곽재식'이었다. 이상하다고 생각했다. 혹시 그 소설을 쓴 사람이 나를 아는 사람이었거나, 나를 아는 사람의 아는 사람은 아닐까 하는 생각까지 했다. 그런저런 이유로 호기심을 느껴서 당시 인터넷에 올라와 있던 소설을 다 읽어 보았다.

　소설의 제목은 「나의 우렁 총각 이야기」였다. 줄거리는 환상과 패러디가 겹쳐 있는 형태였는데, 곽재식은 이야기 속 조연의 남편 캐릭터로 비열한 인간이었다. 마지막에는 조연 몰래 바람을 피우다가 들키고 등장인물들이 술을 마시며 곽재식을 향해 욕을 퍼붓는 장면이 나오던가 그렇다. 처음부터 끝까지 좋은 소리라고는 한 마디도 듣지 못하는 인간이었다. 이런 글을 쓴 작가가 누구인지 더욱 궁금해졌다. 가만 살펴보니 그곳은 송경아 작가의 홈페이지였고, 그 소설은 송경아 작가가 쓴 것이었다. 나는 '송경아'라는 사람을 전혀 알지 못했다. 결혼한 적도 바람을 피운 적도 없었기에 소설 속의 곽재식과 내가 닮은 점도 없어 보였다. 모를 일이다. 지금 다시 냉정한 눈길로 그 소설을 읽어 본다면 극중 '곽재식'의 비열한 성격 한두 가지가 나와 닮은 점이 있을지도 모르겠다. 그 소설의 작가가 나를 알거나 나를 아는 사람 중 누구를 알 거라

짐작되는 단서도 전혀 찾아낼 수 없었다. 그렇지만 언뜻 그 소설이 재밌다는 생각은 들었다. 홈페이지에 올라와 있는 다른 소설도 한두 편 읽어 보았다. 결국 그날 송경아 작가의 홈페이지를 즐겨찾기에 저장해 두고 소설이 읽고 싶을 때마다 종종 찾아가 보겠다고 생각했다.

이후 나는 송경아 작가의 홈페이지를 드나들다가 방명록에 올라온 다른 사람의 글을 보게 되었다. 방문자 중에는 작가들도 있었다. 그중 몇몇이 다른 웹사이트에 글을 올린다는 사실을 알게 되었다. 그곳은 또 뭔가 싶어 찾아가 보았다. 바로 웹진 〈거울〉이었다. 지금도 꾸준히 활동하고 있는 박애진 작가와 김보영 작가가 그곳에 이미 글을 몇 편 올려 놓았던 것이 기억난다. 두 작가는 〈거울〉 필진에서는 탈퇴했지만 당시에는 박애진 작가가 편집장 역할까지 맡고 있었다. 그곳에 올라온 몇몇 글을 더 읽다가, 웹사이트 한 켠에서 누구나 자작 소설을 올릴 수 있는 공간도 발견했다. 웹진 〈거울〉은 접속자가 월등히 많거나 조회수가 높아서 유명한 곳은 아니었다. 그렇지만 단편 소설이 많다는 점이 일단 눈길을 끌었다. 인터넷에서 유행하는 소설들은 장기 연재를 통해 읽는 사람들을 긴 시간 화면에 붙들어 두곤 한다. 그렇지만 〈거울〉은 웹진인데도 길게 이어지는 연재 장편 소설보다는 한 회로 짧게 끝나는 단편 소설이 더 활발히 게재되고 있었다. 특색이 뚜렷했다. 게재되는 소설의 분위기를 보니 내 소설을 올려 봐도 좋겠다는 생각이 들었다. 대학 시절 이래로 나는 취미 삼아 소설을 쓰곤 했다. 당연히 신춘문예로 등단을 노리는 사람들이 쓰는 소설과는 분위기가 완전히 달랐고 수준 차이도 있었다. 인터넷에 글을 올려서 인기를 얻고 있는 대중 작가들의 소설과 많이 닮아 있는 것도 아니었다. 그러니 가끔 소설을 쓴다고 해도 내 개인 홈페이지 정도를 제외하면 글을 보일 곳조차 마땅치 않았다. 그런데 〈거울〉에는 어떤 소설이건 다 게재되고 있었다. 예를 들어서 내가 처음 기웃거릴 때만 해도 〈거울〉은 "환상문학 웹진"이라는 방향을 분명히 내세우고 있었지만 SF 단편 역시 흔하게 찾아볼 수 있었다. 관념적이고 학구적인 성향이 보이는 소설이 있는가 하면, 가볍게 농담하듯 써 올리는 글도 있었다. 마땅히 풀어 놓을 만한 장소가 없던 나에게 가끔 쓰던 소설을 여기에 올려 보아도 괜찮지 않겠냐는 생각이 들었다. 나는 웹진 독자들이 자유롭게 소설을 게재할 수 있는 게시판에 내 소설을 올렸다. 얼마 후 박애진 작가가 웹진의 정규 필진으로 합류하지 않겠냐는 제안을 해 주어서 받아들였다. 이를 계기로 조금 더 정성을 들여, 조금 더 자주 소설을 쓰게 되었다. 나는 여전히 웹진 〈거울〉의 필진이고 지금껏 120편이 넘는 단편 소설을 웹진 〈거울〉을 통해 공개했다. 며칠 전에도 새 단편 소설을 올렸다. 그러나 웹진 〈거울〉의 필진이 된 직후 바로 좋은 평가를 받게 된 것은 아니었다. 혼자서 홍보에 열을 올리기도 했지만 딱히 효과는 없었다. 다만 「최악의 레이싱」을 비롯해 초창기에 올린 몇몇 소설을 두고 "재밌게 읽었다"고 짧게 한두 마디 덧글을 달아 주는 독자들 덕분에 글 쓰는 흥이 조금 더 붙기는 했다.

 1년 정도가 지난 2006년에 MBC의 손형석 PD로부터 대뜸 연락을 받았다. 전혀 모르는 사람이었고, 방송국에서 연락받을 일이 있을 거라고는 생각지도 못한 때여서 놀랐다. 손형석 PD는 인터넷에서 소재를 검색하다가 우연히 내 소설을 보았으며 텔레비전 드라마로 제작하고 싶다고 했다. 지금은 TV로 영상화할 만한 인기 웹툰이 인터넷에 넘치고, 수많은 독자를 거느린 웹소설도 끝없이 많다. 그러니 만약 요즘 같다면 내 소설 따위가 검색 결과에 드러나기란 훨씬 어렵지 않을까 싶다. 손형석 PD는 내 소설 중에 「최악의 레이싱」, 「달과 육백만 달러」, 「토끼의 아리아」 세 편이 영상화할 만하다고 보았고, 「달과 육백만 달러」와 「토끼의 아리아」는 실제 대본으로 만들어졌다. 그때 〈MBC 베스트극장〉이라고 매회 다른 배우가 나오는 단막극 시리즈가 있었다. 결국 「토끼의 아리아」가 한 에피소드로 제작되어 TV를 통해 방영되었다. 그것이 소설을 누군가에게 돈 받고 팔아 본 첫 번째 경험이었다. 나는 이제껏 출판사나 신문사 문학 공모전 같은 곳에 투고한 원고가 당선된 적이라고는 한 번도 없다. 그때가 처음이었다. MBC TV에서도 출판사나 저작권 대리 회사를 거치지 않고 인터넷에 글을 올린 아마추어와 직접 드라마 원작 소설 판권을 계약한 것은 처음이었다고 한다. 소설을 쓰는 작가도 일종의 자영업자라고 한다면 첫 번째 고객이 MBC였으니 출발은 괜찮았던 셈이다. 동네에서 미용실을 개업했는데 첫 손님으로 전지현 배우가 들어온 정도의 느낌이었다. 그런 만큼 이제 진짜 작가가 되어 얼마 안 있어 책도 내고 이름도 알려질 거라는 달콤한 상상도 했다. 그러나 그런 일은 없었다. 이후로도 한동안 나는 변함없이 그저 인터넷 한 켠에 별로 보는 사람 없는 글을 올리기만 하는 작가로 몇 년이고 계속 버티고 또 버텨야 했다.

끝으로 한 가지 이야기만 덧붙이자면, 곽재식이 악역으로 등장했던 「나의 우렁 총각 이야기」는 현대문학 교수 350명이 주축이 되어 선정하고 한국 현대소설학회에서 펴낸 『2005년 올해의 문제소설』이라는 책에 엮여 출간되었다. 이 소설은 가장 우수한 대표작으로 표지에도 당당히 이름을 올렸다. 그러므로 만약 「나의 우렁 총각 이야기」가 읽고 싶다면 『2005년 올해의 문제소설』을 구하면 된다. 한편, 재작년인가에 나는 송경아 작가를 직접 만나기도 했다. 과천 과학관에서 하는 과학 행사에 연사로 초청 받았는데, 비슷한 시간에 송경아 작가의 강연도 예정되어 대기실에서 만난 것이다. 그 기회를 놓치지 않고 「나의 우렁 총각 이야기」에서 악역에 해당하는 인물 이름을 왜 하필 '곽재식'으로 붙였냐고 10여 년 만에 물어 보았다. 송경아 작가는 아무런 이유 없이 우연히 택한 이름일 뿐이라고 대답했다.

도저히 쓸 것이 없다면

우선 배낭에 며칠 동안 버틸 수 있을 정도의 짐을 챙긴다. 배낭을 메고 걸어 나오는 동안 버스를 타고 싶은지, 기차를 타고 싶은지 정한다. 기차를 타고 싶다면 역으로 간다. 역에 도착하면 열차 시간표를 보면서 전국의 여러 역 중에서 가 보고 싶은 곳을 고른다. 표를 산다. 기차를 타고 간다. 도착하면 역에서 나와 주변을 돌아본다. 오는 동안 가 보고 싶은 곳이 생겼다면 갈 방법을 궁리한다. 목적지가 없다면 적당히 계속 걷는다. 이상한 건물이나 재미난 가게, 못 보던 풍경이 보이면 자세히 살핀다. 비슷비슷한 시멘트 건물에 네모난 아파트만 가득한 듯해도, 막상 들여다보면 전국 어느 도시건 간에 똑같이 생긴 곳은 한 군데도 없다. 배가 고프면 눈에 띄는 식당에 들어가서 아무거나 먹는다. 맛있으면 즐거워하고, 맛이 없으면 음식을 남기고 다이어트에 공을 들이기로 한다. 떠돌기에 늦은 시간이 되면 대충 숙소를 골라서 묵는다. 다음날 아침이 밝으면 또 기차역이나 버스 터미널에 가서 기분에 따라 행선지를 정한다. 괜찮아 보이는 산이 나오면 산을 오르기도 하고, 바다 끝에 도착하면 배편을 찾아 섬으로 들어가 보기도 한다. 나는 이런 여행을 너무나 좋아한다. 고등학생 때는 내키는 대로 전국을 떠돌아다니는 일을 한 번쯤은 꼭 하고 싶은 꿈으로 여길 정도였다. 그래서 어른이 된 이후로 몇 번이고 실행에 옮겼다. 짧을 때에는 3박 4일, 길면 열흘 정도, 전국을 이리저리 돌아다녔다. 나는 이걸 '방랑여행'이라고 부른다. 최근 몇 년 동안은 일이 바빠서 기회를 내지 못했지만 며칠만 여유가 생긴다면 다시 가고 싶다.

어릴 때 처음 방랑여행을 상상했던 이유는 아무래도 서부 영화에 나오는 주인공의 모습을 보고 멋있다고 생각했기 때문인 듯하다. 클린트 이스트우드나 프랑코 네로 같은 배우가 연기하는, 어디에서 나타나 어디로 가는지도 모르는 떠돌이 주인공이 있다. 새로운 마을에 도착한 그는 고질적인 문제를 발견하지만 그냥 조용히 머물다 갈 생각이다. 이때 일부러 얽혀 시비 거는 놈들이 꼭 생긴다. 주인공은 굽실거리거나 도망치지 않는다. "미안하지만, 먼저 건드린 놈에게 굽실거리는 일은 재미없어하는 성격이어서" 정도의 대사를 읊조리며 악당들과 싸운다. 결국 싸움이 커져 악당들을 모두 물리치고 다시 표표히 떠난다.

현실의 내가 방랑여행을 좋아하는 까닭은 악당을 혼내 줄 수 있기 때문은 아니다. 방랑여행은 목적이나 목표가 없기 때문에 기대감도 없다. 따라서 매 순간 실망하지 않는다. 어딜 가든 나름대로 보는 재미가 있다. 정해진 일정이 없기 때문에 바쁘지도 않다. 항상 여유롭고 느긋하게 쉬거나 기다리면서 다닐 수 있다.

그러면서도 다음 행선지를 모르기 때문에 늘 내일을 기대하게 된다. 나는 방랑여행을 다니면서 지리산 화엄사, 김제 벽골제, 남원 광한루나 강릉 오죽헌 같은 명소에 처음으로 가 보았다. 어디 하나 재미없는 곳이 없었다. 깊은 산 중턱에 툭 튀어나온 듯한 커다란 건물이 교과서에서 보았던 화엄사인 것을 알고 신기해했던 기억이나, 마침 지역 축제가 열렸을 때 광한루에 갔다가 두부와 막걸리를 공짜로 얻어먹은 기억은 돌이켜 봐도 즐겁다.

그런가 하면, 엉겁결에 겪었던 인상적인 경험도 떠오른다. 충북 영동에서 아침에 강가를 걷다가 우아하게 활공하는 재두루미 한 마리를 넋 놓고 한참 바라보았던 일도 있었고, 여수 앞바다의 안도라는 섬에 들어갔다가 전에는 있는 줄도 몰랐던 해산물 거북손을 먹고 신기하게 여겼던 일도 있었다. 이런 여행이 아니었다면 경북 포항에 '오덕리'라는 이름을 가진 지명이 있다는 사실도 평생 몰랐으리라.

원래 이렇게 여행을 다닐 때면 혼자 오래 걷기 때문에 자신에 대한 생각이 많아진다. 나는 지금 잘 살고 있나, 다른 중요한 일이 있는데 놓치고 있지는 않나, 마음을 바꾸어 먹고 몇 년 후에는 다른 걸 해 보면 어떨까, 나는 왜 매번 다이어트에 실패할까. 낯선 고장에서 한 번도 본 적 없는 사람들이 열심히 살아가는 곳을 걸으며 잡다한 생각을 이어가다 보면, 사실 답이 명쾌하게 나올 때는 거의 없지만 마음은 좀 가라앉는 느낌이 든다. 그러다 뭔가를 마주하면 그게 더 멋져 보인다. 어쩌다 오게 되었는지 알 수도 없는 동네에서 어둑해질 무렵까지 걸었는데 그때 들판에 서 있는 부서진 돌짐승 조각상 뒤로 노을지는 모습이 얼마나 아름답던지 한참을 보고 서 있었다.

  작가로 살게 되면서는 여기에 덧붙는 일이 생겼다. 요즘 나는 그 모든 풍경에 어울릴 만한 이야기가 있는지 떠올려 본다. 여유로운 여행이니 시간은 많다. 망한 식당 하나만 눈에 뜨여도 이야깃거리는 생각해 볼 수 있다. 간판이나 가게 겉모양을 보며 왜 망했는지,

주인은 어떤 사람이었을지, 지금도 영업을 하고 있는 옆 가게와는 친하게 지냈을지, 혹은 무슨 원한을 맺었을지 상상해 본다. 그러다가 괜찮은 이야깃거리가 떠오르면 메모한다. 이걸 글로 옮기면 실제로 맞닥뜨린 생생한 배경이 있기 때문에 머릿속에서 구체적인 장면을 상상하기도 쉽고 묘사도 더 자세해진다. 꼭 어딘가에 도착해야만 이야기가 떠오르는 건 아니다. 버스나 기차 안에서 차창 밖으로 본 풍경 중에도 이야깃거리는 많다.

예컨대 산굽이로 접어드는 길을 가다 보면 산 높은 곳에 뜬금없이 선 커다란 건물이 눈에 뜨이는 경우가 종종 있다. 그럴 때마다 추측해 본다. 도대체 무슨 건물이기에? 학교일 때도 있고, 기업에서 지어 놓은 연수원 건물일 때도 있지만, 도무지 뭐하는 곳인지 알 수 없는 때도 있다.

그러면 멀리서 보이는 형체만으로 아무렇게나 이야기를 지어내 본다. 알고 보면 무슨 비밀 실험을 하는 장소가 아닐까? 원래는 주변에 길도 크게 나 있고 마을도 있었는데 50년 전에 생긴 수수께끼 같은 사고로 모두 망해서 주변은 숲으로 다시 뒤덮이고 건물 하나만 덩그러니 남은 것일까?

　한번은 버스를 타고 휙 지나가다가 고속도로 옆 언덕배기 위에 짓다 말고 버려진 건물들의 폐허를 본 적이 있다. 똑같이 생긴 2층 규모의 건물 예닐곱 채가 제법 가깝게 붙어 있는 모습이었다. 마치 중고차 판매장 같이 집을 여러 채 전시해 두고 팔면서, 누가 사고 싶은 집을 고르면 커다란 트럭에 집을 통째로 실어 빈터에 배달해 주는 게 아닐까 하는 상상이 떠올랐다. 그런데 무슨 까닭인지 방치된 채로 비바람에 낡아 시커먼 모습으로 삭아 가고 있었다. 게다가 그 뒤쪽으로 훨씬 더 커다란 강당처럼 보이는 건물도 짓다 만 듯했다. 도로 위에 세워져 있는 이정표를 확인하고 거기가 어디쯤인지 기억해 두었다. 그리고 컴퓨터가 있는 곳에 왔을 때 지도로 찾아 보았다. 공중에서 내려다본 모습으로 잘 뒤져 정확한 주소를 알아낸 다음 이리저리 검색해 보았다. 그랬더니 누가 빚을 졌다가 담보로 넘어갔는지 그 주소의 땅이 경매로 팔릴 형편이라는 내용이 나왔다. 펜션을 지으려다가 완공하지 못하고 방치된 곳이라고 했다. 그렇지만 그 말을 그대로 믿을 수가 없었다. 펜션 같아 보이지도 않았다. 짓다 만 펜션치고는 규모가 너무 커 보였다. 커다란 강당 같은 건물도 펜션에 어울리는 배치는 아니었다. 그래서 계속 궁리해 보았다. 새로운 도덕과 제도를 고안해 낸 누군가가 자신의 규율을 따르는 사람들만 모아서 이상 사회를 건설하고 산속에서 자기들끼리 살기 위해 조성한 마을이었다고 해 보면 어떨까? 모양이 비슷한 집을 이리저리 지어 보면서 무엇인가 실험을 해 보려는 곳이었다면? 그렇게 이야깃거리를 생각하면서 수첩을 조금씩 채워 간다.

덕택에 예전보다 여행은 더 재미있어졌다. 어떤 때에는 그냥 가만히 있다가 문득 드는 기분만으로도 이야기를 찾곤 한다. 기차를 타고 가다가 비가 내리기 시작해서 숲 속을 지나치고 터널을 지날 때, 기차 창에 한 방울, 두 방울, 빗방울이 떨어지는 것을 보면 굉장히 쓸쓸한 기분이 된다. 왜 그런 기분이 드는지는 아직도 모르겠다. 하지만, 그런 상황에서 마감이 다가오는데 도저히 쓸 것이 없다면 기차에서 비가 내릴 때 드는 알 수 없는 쓸쓸한 느낌에 대한 이야기를 어떻게든 엮어서 채워 보면 되겠다고 메모해 두었다.

편집자와 생긴 일

처음 작가로 활동하기 시작했을 무렵에 몇몇 편집자로부터 묘한 이야기를 들었다. 무슨 말인지 이해하지 못했기 때문에 핵심을 정확히 옮겼는지는 모르겠지만 대강 이런 말이었다.

"우리도 일본처럼 편집자가 작가를 성장시키고 육성해 갈 수 있는 시스템이 되면 좋을 텐데. 작가에게 독자가 원하는 걸 알려줘서, 같이 글을 잡아 가는 시스템이 되는 것도 한 방법인데."

이 시기에 비슷한 이야기를 세 군데인가 서로 다른 출판사의 편집자로부터 들었다. 편집자들이 주목하는 책이나 잡지 기사로 나왔다가 많은 공감을 얻어서 유행한 이야기라도 있었던 걸까? 한국에서는 분야를 막론하고 "일본은 이러저러한데 우리는 이게 뭐냐"는 말을 쉽게 들을 수 있기 마련이다. 나도 그러려니 하고 고개를 끄덕거리며 그냥 넘겼다. 글 한번 제대로 팔아 보려고 기웃기웃하는 초보 작가인지라 속으로 '그래서 내 글을 팔려면 이제 어떻게 하는 게 좋겠다는 말입니까?' 하고 궁금해할 뿐이었다. 아직도 그때 편집자들이 하던 이야기가 무엇인지 잘 모른다. 인터넷에서 검색해 보니 일본 만화 잡지 편집자와 만화가와의 관계가 비슷한 사례인 듯한데 어디까지나 추측일 뿐이다.

그렇지만 편집자와 작가가 잘 맞을 때와 잘 맞지 않을 때의 차이에 대해서는 이제 어느 정도 알겠다. 어지간하면 편집자가 처음부터 작가의 팬일 때가 좋다. 좋아하는 작가의 글을 맨 먼저 읽게 되니 편집자 입장에서 그나마 일하는 재미가 있고, 좋아하는 작가의 글을 자신이 책으로 만들었다는 보람도 조금은 얻을 테니까. 누군가의 글을 좋아하는 것은 그 사람의 사상이나 표현의 개성을 좋아하는 경우가 대부분이다. 때문에 작가가 좋아하는 대목과 편집자가 좋아하는 대목이 전체적으로 맞아 들게 된다. 남의 글을 좋아하는데, "엇, 저 사람은 글자 중에 ㄷ을 유난히 좋아하네"라든가, "저 사람의 글은 항상 한 문단의 글자 수가 짝수로 되어 있구나, 정말 사랑스러운데"라고 생각하는 경우는 극히 드물다. 글을 좋아한다면, 글에 담겨 있는 감정과 생각이 어떻게 강조되고 어떻게 생략되어 있는지, 어떤 점은 드러나 있고 어떤 점은 숨겨져 있는지, 그런 흐름을 좋아하는 성향이 비슷하다는 뜻이기 마련이다. 아무래도 그렇게 되면, 편집자가 내놓은 제안이 작가 입장에서도 좋아 보일 확률이 높다. 편집자가 이건 좀 없애 버리자고 충고하면 작가도 고개를 끄덕이게 된다. 둘의 장단이 잘 맞으면 일이 쉽게 풀리고, 편집자의 작업에 따라 뽑혀 나온 책이 작가의 마음에도 들게 마련이다. 책이 독자들에게 많이 팔리느냐는 또 다른 차원이지만 일단 거기까지는 그렇다. 그러나 크리스마스 때마다 눈이 오는 것은 아니다. 출판사가 책을 출간하다 보면 작가의 글을 싫어하는 편집자가 일을 맡는 경우도 분명히 있다. 회사 사정상 일손이 모자라서 이리저리 돌아다니던 원고가 자기 손에 떨어지는가 하면, 공모전에서 심사위원이 나름대로 한국 문학계에 새로운 충격이라며 뽑아서 상을 주고 책을 내라고 했는데 편집자가 보기에는 말도 안 된다 싶은 내용일 때도 있다. 편집자로 일해 본 적은 없지만 정말 정말 싫은 글을 대하는 기분이 뭔지는 안다. 글이 싫으면 책을 읽는 중에는 물론이고 읽지 않을 때조차 눈에 뜨인다는 사실이 괴롭다. 그래서 나는 싫어하는 책을 일부러 멀리 가서 버리고 온 적도 있다. 최악의 경우라면 편집자와 작가의 협업이 한 걸음 한 걸음 피곤해진다. 편집자가 진심으로 하고 싶은 말은 "이따위 글이 있을 곳은 지옥뿐이다. 우선 이 글을 처음부터 끝까지 다 지우고 완전히 다른 인간으로 태어난 다음 내세에서 다시 써라"일 것이다. 하지만 그렇게 말할 수는 없으니 "전체적인 흐름은 괜찮은데

부분부분 수정 사항이 있어서, 그런 곳은 좀 다른 느낌으로 수정해 주시면 어떨까요?"라고 말하게 된다. 그러면 작가는 '거기가 제일 좋은 대목인데 왜 수정하라고 그럴까?' 하며 납득하지 못한 채로 애써 글을 다 뒤집어 수정해 준다. 그러나 그렇다고 해도 편집자 눈에 별로 좋아 보일 리가 없다. 글의 뿌리 자체가 이미 보기 싫어졌기 때문이다. 일이 그렇게까지 험하게 돌아가지 않더라도, 편집자가 싫어하는 글을 억지로 붙들고 작업하는 상황이 되면 단계단계마다 힘겹기 마련이다. 나는 밝고 상쾌한 것이 이 소설의 매력이라고 생각하는데, 편집자는 "웃긴 느낌이 나는 표지로 잘 뽑힌 것 같다"면서 들쥐 두 마리가 서로 침을 뱉고 있는 그림을 골라 오는 일이 생길 때가 있다는 이야기다.

다행히 나는 편집자 운이 좋은 편이었다. 처음 펴낸 단편집인 『당신과 꼭 결혼하고 싶습니다』를 작업한 최지혜 편집장은 내 글을 엮어 세상에 보내겠다는 생각을 거의 사명감처럼 품은 사람이었고, 김지아 편집장은 출판사 세 군데를 옮겨 다니면서도 계속해서 연락을 주며 내 책만 다섯 권을 작업했다. 김지아 편집장이 작업한 책 중에 『로봇 공화국에서 살아남는 법』이라는 과학 교양서는 한국출판문화산업진흥원에서 세종도서로 선정되기도 했는데, 지금껏 공공 기관의 인정을 받은 것으로는 분야가 뭐든 그 책이 유일하다.

그렇지만 재미있는 이야기라면 아무래도 김지혜 차장과의 사연이겠다. 일산에 있는 출판사에서 근무하던 김지혜 차장이 어느날 나에게 연락해서 과감하게도 "글쓰기에 관한 책을 내 보자"고 제안했다. 마감 시간이 촉박하지 않고 비도덕적인 내용을 써 달라는 것이 아니라면 나는 어지간한 청탁은 다 받아들이는 편이다. 김보영 작가 정도 되는 분이 "나는 그런 글은 지금 갑자기 못 쓰겠다. 곽재식 작가에게 한번 말해 보면 어떠냐"라고 이야기하는 바람에 나에게 온 청탁을 "감사합니다. 다음에도 언제든 또 연락 주십시오"라면서 해치운 적은 여러 번 있다. 두 차례, 세 차례에 걸쳐 다른 작가들에게 거절당한 듯한 청탁이 돌고 돌아 나에게 온 것을 기꺼이 받아들인 적도 있다. 곽재식을 일컬어 "거절당한 원고 청탁들이 찾는 마지막 안식처"라고 부른다 해도 불만은 없다. 하지만 김지혜 차장의 제안을 받았을 때는 겁이 났다. 글쓰기 책은 베스트셀러 저자나 평단으로부터 높은 인정을 받은 작가들, 하다 못해 무슨 문학 이론가나 경험 많은 논술 강사 같은 사람들이 쓰는 것 아닌가? 나는 가까스로 책을 팔아 치우며 허덕허덕 이 바닥에 붙어 있는 수준의 작가일 뿐이다. 잘 쓴다는 말도 자주 듣지 못하는 마당에 어찌 남들에게 이렇게 써라 저렇게 써라 하는 이야기를 할 수 있다는 말인가? 그러나 카드 명세서를 보니 계약금이 탐났다. 나는 긍정적으로 생각해 보겠다고 회신했다. 곧 한번 만나서 논의해 보자기에 일정을 잡았다. 마침 화학 산업계의 새 법령에 대한 홍보 행사를 위해 메리어트 호텔에 가야 하는 일이 생겼다. 그래서 "김 차장님이 메리어트 호텔로 오시면 그곳 로비에서 뵙자"고 청했다. 호텔에서 만난 김지혜 차장은, 내가 글을 쓰면서 느낀 점이나 경험을 솔직히 공유한다는 기분으로 풀어 보면 어떻겠느냐, 작가가 신나서 쓰면 글에도 생동감이 넘치고 보는 사람도 즐거울 테니 그렇게만 작업해 달라고 주문했다. 나는 말미에 "어떤 느낌을 담으면 좋겠다던가 싶은 게 있으십니까?"라고 물었다. 잠시 후 다음과 같은 대답이 돌아왔다.

"천재 같다는 느낌이 가끔 좀 들면 좋겠어요."

직접 김 차장을 만난 건 아직까지는 그날 한 번뿐이다. 그렇게 해서 나온 책이 『항상 앞부분만 쓰다가 그만두는 당신을 위한 어떻게든 글쓰기』다. 이 책에 실려 있는 한심하거나 잔잔한 이야기는 내 본심이고, "뭐? 뭐라고?" 싶은 대목은 약간 천재 같은 느낌이 들라고 일부러 화려하게 치장해서 썼다고 보면 된다. '항상 앞부분만 쓰다가 그만두는 당신을 위한 어떻게든 글쓰기'라는 제목도 내가 제안한 두세 개의 제목을 연결해서 출판사가 붙였고 표지를 빨간색으로 꾸민 것도 출판사 쪽의 결정이었다. 다행히 이 책은 잘 팔려서 서점 베스트셀러 목록의 꼭대기에 올랐다. 나는 안심했다. 그러던 어느날 김지혜 차장이 별다른 설명도 없이 "보시고 웃으시라고요."라는 말만 써서 메일을 보냈다. 첨부 파일로 붙어 있던 그림에는 책에 실린 내 얼굴 삽화 위로 책 수십권이 비처럼 쏟아져 내리는 모양이 합성되어 있었다. 그 옆에는 이렇게 적혀 있었다.

"빨간책
빨빨빨간책 궁금해 재식~
읽으면 점점 쓰게 되는 글쓰기 그 맛
코너 서~점 찾아봐 붸붸
내가 제일 좋아하는 건 빨간 그 책"

나중에 알고 보니 노래 가사를 조금 바꾸어 광고 문구처럼 꾸민 것이었다. 한데 당시에는 그런 노래가 있다는 것도 몰라서 이게 무슨 뜻일까 놀란 마음으로 여러 번 읽어 보며 해독하려고 애썼다, 거참.

작가가 되어 보니

지금으로부터 10년 전쯤 내가 서울 시청과 정동 사이에 있는 어느 사무실에서 일하던 때의 이야기다. 나는 그 근방 풍경을 무척 좋아한다. 그곳에는 막 개장한 프랜차이즈 식당과 조선 시대 건물이 섞여 있고, 낙엽 떨어진 돌담길을 한가롭게 걷는 관광객과 정치 문제로 깃발을 들고 행진하는 시위대가 동시에 나타난다. 뒤죽박죽 섞여 있는 것만 같은 낡은 길목은 복잡해 보이기도 하지만 나름대로 어우러져 조화를 이루는 모습이 재미있다.

예를 들어서 이 지역에는 근사한 미술관이 하나 있다. 20세기 초에 재판소였던 건물을 사용하기 때문에 제법 고풍스런 느낌이 난다. 바로 옆 민가였던 지역에는 지금 서울시나 정부 소속의 공공 기관 사무실이 들어서 있다. 그러니까 예전부터 관공서였던 건물은 미술관으로 변했고 민가였던 곳은 관공서로 바뀐 셈이다. 이 오래된 미술관 건물에 전시된 미술품들은 현대 미술이고, 서울 시내에서 오래된 미술품을 보려면 몇 년 전 용산에 새로 지어 놓은 21세기 최신형 건물에 입주한 박물관으로 가야 한다는 점을 떠올리면 기분이 묘하다. 점심 먹고 가까운 커피숍에 가는 사람처럼 나는 덕수궁에도 자주 드나들었다. 아담하지만 마음에 드는 궁궐이라고 생각해서 덕수궁을 좋아했는데, 한편으로는 구경이라고 해도 문 닫힌 건물을 바깥에서 둘러보는 게 다라서 어딘가 부족하다는 생각도 들었다. "알고 보면 더 재밌다"면서 해설사들이 한문으로 된 건물 이름을 해석해 줄 때가 있기는 했다. 하지만 그 정도 글자 풀이가 딱히 와닿는 이야깃거리 같지도 않았다. 건물 이름이 그렇게까지 중요한 이야기일까? 반대로 조선 시대의 공주가 현대에 와서 'e편한 세상'이라고 적혀 있는 건물이 도대체 무슨 뜻인지 물었다고 해 보자. "e는 인터넷, 전자 기술 같은 신기술을 나타내는 말이라서 신기술로 편하게 지낼 수 있는 미래 아파트라는 느낌인데요, 동시에 '이 편한 세상'과 발음이 똑같아서 아저씨를 흐뭇하게 해 줄 언어유희도 되는 셈입니다"라고 설명해 주면, 공주님은 과연 만족할까?

그러던 어느 여름날, 궁궐을 돌아보다가 갑자기 소나기가 쏟아져서 처마 밑으로 비를 피하게 되었다. 비가 내리는 궁궐을 보니 이전보다 훨씬 자연스럽게 느껴졌다. 궁궐은 사람이 살지도 않고 안에서 일을 하는 것도 아니니 그 안으로는 아무도 못 들어가게 되어 있다. 집이라기보다는 감상을 위한 미술품에 가깝다. 그런데 비가 오자 그게 전부가 아니게 되었다. 처마로 사람들이 비를 피하는 진짜 건물다운 역할을 하고 있었다. 비 오는 것을 보고 있다가, 처마에서 비를 피하는 것이 지금의 내가 옛날 사람들과 같은 방식으로 궁궐을 이용할 수 있는 거의 유일한 방법임을 알게 되었다. 백 년 하고도 몇 십 년 전 궁궐에서 일하던 궁중 요리사 같은 사람도 갑자기 비가 내리면 나처럼 처마 밑에서 비를 피했으리라. 그 후로 비 오는 궁궐을 더 좋아하게 되었다. 이곳저곳 다니며 알아보니, 한옥 형태의 궁궐 건물 중 직접 안에 들어가서 앉아 볼 수 있는 곳은 창경궁에 있는 건물 한 곳밖에 없다고 한다. 지금까지도 그런지는 잘 모르겠다.

궁궐 이외에 또 한 가지 절절하게 알게 된 것은 관청과 공공 기관에서 일을 처리하는 독특한 방식이었다. 이 시기 나는 회사를 다니면서 공공 기관이나 관청 근처에 있는 이런저런 곳과 일할 기회가 많았다. 10년이 지난 지금이야 그때 같은 상황은 아니겠지만, 그 옛날, 지난 시절 공무원들의 일하는 방식을 보며 이분들은 꽤나 독특한 시각으로 세상을 대하고 있구나 하고 생각했다. 놀라운 발견이었다. 그중 소수의 사람들은 자신의 골품이 다른 사람과 아예 다르다고 여기는 듯한 느낌마저 주었다. 자신은 어려운 시험을 통과하여 특별한 자격을 인정받은 사람이므로 당연히 진골이 되어 사회를 이끌어 나가는 지배 신분이고, 나머지 사람들은 공장에서 일을 하든 실험 장비를 붙잡고 계산을 하든 장사를 하든 농사를 짓든 어떻게든 사회를 망칠 가능성이 있는 부족한 인간들이므로 자신이 채찍질하며 지도하고 감시해야 한다는 관점으로 세상 모두를 대하고 있었다. "왜 사람들이 증세를 싫어하는지 모르겠어요. 어차피 가난한 사람들은 세금 더 낼 것도 별로 없는데. 가난한 사람들이 부자 걱정을 도대체 왜 해 주는 거예요? 세금을 내야 복지도 하고 사회를 위해 일을 하죠. 다들 부자들에게 세뇌를 당해서 그냥 세금이라면 무조건 싫어하는 건지. 아니면 자기 같은 가난한 사람도 언젠가는 부자가 될 거라는 헛된 희망을 품고 살아서 그런지. 정말 의식구조 자체를 이해할 수 없어요." 언젠가 그 비슷한 말을 들은 적이 있었다. "왜냐하면, 대한민국 역사를 겪는 동안 세금으로 먹고사는 정부가 부정부패에 쩔어서 온갖 방법으로 세금 해 먹다가 혁명으로 쫓겨나거나, 세금으로 유지되는 군대가 반란을 일으켜서 국민들을 지배하려 들거나, 정치인들이 말도 안 되는 이상한 공사를 시작해서 쓸데없는 건물 짓고 하면서 세금 날리거나, 그런 걸 몇 번씩 계속 봐 왔으니까 세금 내 봐야 그냥 뜯기는 것 같아서 일단 꺼림칙한 기분이 드는 것 아니겠습니까?" 당연히 나는 제정신인 한국인이므로 고위 공무원 앞에서 실제로 그렇게 대답한 적은 없다. 대신에 장단을 맞추어 "허허허" 하고 상냥한 얼굴로 웃어 주었는데, 웃음이 건강에 좋다는 연구 결과를 발표한 학자에게 꼭 한번 보여 주고 싶은 상황이었다.

작가로 일하면서도 비슷한 상황을 겪었다. 글을 써 달라는 의뢰를 과거에 전혀 해 보지 않은 정부 기관 등지에서 "이번에 새롭게 저희 사업이 끝난 후의 밝은 미래를 소설로 보여 주고 싶은데요. 내일모레까지 원고지 800매 분량으로 써 주실 수 있으실까요?"라는 식의 제안으로 문제가 시작된다. 일단 여기까지는 서로 맞춰 나가면 헤쳐 나갈 가능성이 없잖아 있다. "내용은 거의 다 저희가 아웃라인으로 갖고 있고요. 그 아웃라인에 따라서 작가님이 살만 붙여 주면 되거든요. 어떻게 보면 금방 끝낼 수 있는 일이에요." 이 정도 이야기로 흘러가면 전망은 조금 더 어두워진다. 글을 써 달라고 의뢰하는 사람이 "뼈대는 다 갖춰져 있으니 당신은 살만 붙여 주면 된다. 별일 아니다"라고 말한다면, 그 사람과는 생선 요리를 같이 먹어 보고 싶다. 물론 정말로 뼈대와 줄기가 잘 갖춰져 있어서 차근차근 작업해 나갔던 적도 없는 것은 아니다. 반대로 "아웃라인이 있다"는 말은 "하고 싶은 건 분명하지만 그게 뭔지는 네가 만들어 보여 주기 전에는 모르겠다"가 진실인 경우도 있다. 이렇게 되면 여러 주변 정황과 미묘한 분위기, 상대방의 마음을 읽어서 알맞은 내용을 잘 써 주어야 한다. 다행히 내가 예상한 것과 방향이 맞아떨어지면 "저희 생각하고는 좀 다른데 그래도 괜찮네요" 정도의 반응이 올 것이다. 이 정도 수준이면 감사하고 선량한 반응이다. 즐거워해야 한다. 반대로 방향이 맞아떨어지지 않으면 "저희가 아웃라인을 다 드렸잖아요? 거기에 살만 붙여 주시면 되는데, 지금 글은 저희 아웃라인의 핵심이 하나도 안 드러나거든요. 쓸데없는 말만 너무 많고. 무슨 이야기인지 모르겠어요"라는 말을 듣게 된다. 그러면 또 뭘 원할지 짐작하고 상상하고 마음을 읽어 다른 글을 써서 보여 주어야 한다. 무엇인지 모를 그 핵심이란 것이 드러나는 먼 미래의 알 수 없는 날까지.

여기까지는 아주 어려운 일이 아니다. 이 정도의 일을 해야 하는 사람들은 알고 보면 많다. 지나가다 가게에 들른 사람에게 네일아트를 해 줄 때에도 비슷한 일은 생긴다. 막연한 주문에 따라 물건을 만들어 줘야 하는 사람이라면 어디서나 자주 겪을 수 있는 일이다.

그런데 공공 조직의 어마어마한 점은 상대방의 마음을 읽어야 하는 상황이 다중으로 겹겹이 엮여 있다는 것이다. 보통 작가에게 직접 연락하는 의뢰인은 거대한 9층탑처럼 쌓여 있는 공공 조직의 맨 밑바닥 벽돌 하나에 해당한다. 간신히 이 의뢰인의 마음에 맞는 대로 글을 맞춰 줬다고 해도, 의뢰인의 위층에 자리잡고 있는 상관이 "글이 좀 어두운 것 같은데"라고 한마디 하고 지나가면 처음부터 갈아엎어야 하는 경우도 허다하다. 이 막연한 어두움의 정체를 상상하는 일은 쉽지 않다. 글자 색깔을 순수한 까만색이 아니라 약간 회색으로 밝게 하라는 이야기일까? 더군다나 상관이라는 사람은 작가가 직접 연락해서 불만 사항을 접수하거나 목소리를 들으며 분위기를 감지할 수 있는 대상이 아니다. 작가는 담당 의뢰인이 하는 말을 통해서만 상관의 불만을 알 수 있다. 의뢰인이 상관의 마음을 잘못 읽으면 작가에게도 잘못된 정보가 전달될 가능성이 있다. "저희 국장님이 보시더니, 다 좋은데 글자 색깔이 좀 이상하다고 하시거든요" 같은 일도 얼마든지 일어날 수 있다. 왜냐하면 가끔 글자 색깔 같은 것이 큰 문제가 될 때도 있기 때문이다. 의뢰인이 "국장님, 그런데 지금 정도면 제가 보기에는 충분한 것 같습니다. 내일이 마감인데 딱히 글을 더 어둡거나 밝게 고칠 필요는 없을 듯해요"라고 말하면서 자기 선에서 처리할 수 있다면 좋을 것이다. 담당자가 일을 맡았으니 상관은 담당자를 믿고, 작가는 담당자하고만 이야기할 수 없을까? 하지만 딱딱하게 쌓여 있는 옛날식 공공 조직은 그렇게 움직이지 않는다. 상관의 말은 따라야 하며, 의미가 모호하다고 해서 많은 질문을 할 수조차 없다. 상관이 지나가다 별 생각 없이 한마디 흘린 이야기가 빗발치는 총알을 무릅쓰고서라도 반드시 달성해야 하는 목표물이 된다. 게다가 상관 위에 또 상관이 있고 그 위에 또 상관이 있다. 청장이 "앞부분하고 뒷부분에 힘이 부족하다"는 정도로 알아듣기 어렵게 해 준 말을 국장이 듣고 그것을 국장 나름대로 해석해서 전해 준 말을 들은 담당자의 지시를 들으면서 도대체 청장은 이 글의 어떤 점을 어떻게 고치면 좋다고 생각했을까를 간접적으로 상상해야 한다. 어떤 때에는 네다섯 겹 정도로 겹쳐진 관계의 사슬을 거슬러 올라가며 9층탑 꼭대기에 있는 감히 다가설 수도 없는 높으신 분의 마음을 멀리서 읽어야 할 때도 있다. 누군가 그 정도까지 관심법에 능하다면 철원에 수도를 세운 임금님이 되어 국호를 태봉이라 하고 연호를 수덕만세라 하겠지, 왜 작가가 되어 글 쓰는 일을 하겠는가? 그런데 내 장점은 바로 10년 전 일하던 경험 때문에 눈치를 봐 가며 적당히 짐작해 글을 만들어 바치는 요령이 다른 작가들보다 좀 더 낫다는 점이다. 글을 덕지덕지 고쳐 가며 이상한 수정 사항에 대응하는 과정에서 마음을 비우고 부조리에 놀라지 않으며 시킨 대로 해다 주는 시늉을 할 수 있는 평정한 정신을 아직도 열심히 연마하고 있다.

지금이야 덕수궁 근처의 사무실을 떠난 지도 한참 되었고, 공공 조직의 일하는 방식도 그때 같지는 않으리라 생각한다. 하지만 여전히 작가가 되어 같이 일할 수 있고 돈을 받을 수 있는 곳이 다채로우며 그에 따라 다양한 재주가 필요하구나 하는 소중한 깨달음을 얻은 추억이다.

어떻게 하면 내 글이 잘 팔릴까

한국에서 가장 많은 돈을 번 작가는 누구일까? 가장 많은 출연료를 받은 영화 배우나 가장 많은 제작비가 들어간 영화, 가장 많은 수익을 올린 가수에 대한 기록은 찾기 쉬운 편이지만, 작가에 대한 기록은 정리된 것이 많지 않다. 조선 시대 추사 김정희의 시가 어마어마하게 높은 가격에 거래된 적이 있는데 이것은 글씨의 아름다움이 미술품으로서 가치를 인정받는 사례이니 작가의 수입을 따지는 문제와는 거리가 있다. 게다가 김정희가 대량 출판으로 쇄를 거듭하며 상당한 인세 수입을 올렸다거나, 자신이 쓴 글이 영화화되면서 많은 판권료를 받았을 리도 없다. 그러니 김정희의 살아 생전 수입에는 한계가 있을 것이다. 현대 작가는 어떨까. 그나마 정보가 꽤 공개된 이문열 작가를 예로 들어 보자. 2015년 8월 25일 ≪뉴스1≫의 권영미 기자는 여러 경로를 통해 추산한 결과 이문열 작가의 모든 책이 2천8백만 부 정도 팔렸을 것이라는 기사를 냈다. 15년 앞서 2000년경 ≪동아일보≫에서도 이문열 작가의 통산 판매 부수 합계를 1천만 부 이상으로 보도한 적이 있으니 지금까지 판매량이 2천만 부 이상이라는 추산은 합당하리라 생각한다.

  보통 책이 팔리면 출판사는 책 값의 10%를 작가에게 인세로 지불한다. 그게 작가가 돈을 버는 방법이다. 가끔 독특한 출판사는 몇 가지 서글픈 이유를 들어 그보다 적은 인세를 책정할 때도 있다. 그래도 아직까지는 인세율 10%가 보편적이다. 만약 이문열 작가의 책값이 평균 1만 원이라고 칠 경우 (물가 상승 문제도 감안해야 하고 더 비싼 책도 있겠지만 적당히 무시하고 계산해 보면) 인세 도합 금액은 2백억 원 이상이 된다. 2백억 원이면 확실히 많아 보인다. 게다가 이문열 작가는 이런저런 강연도 많이 했고, 어마어마한 비판을 받기는 했지만 정치에 관한 글을 신문에 썼으니 원고료도 받았을 것이다. 영화로 제작된 소설도 여러 편 있다. 〈사람의 아들〉에는 최불암과 이순재가, 〈우리들의 일그러진 영웅〉에는 신구와 최민식이 출연했다. 멀쩡한 주류 영화였고 흥행이나 평도 그럭저럭 괜찮았다. 텔레비전으로 영상화되어 나온 이문열 소설도 몇 편은 될 것이다. 얼마 전 라디오 방송에 나갔다가 대학원에서 국문학을 가르치는 진행자로부터 "곽재식 작가도 이제 다른 일은 그만두고 글만 쓰면서 살아 보면 어떻겠냐?"는 얘기를 들었다. 그는 "이문열 작가도 먹고살기 어려울까 봐 지방 신문사의 기자로 한동안 일했는데, 주변의 평론가나 문인들이 기자 일 접고 소설만 쓰라고 여러 차례 말하는 동안 그렇게 버텼다더라"고 했다. 돈을 아주 잘 벌 작가조차도 생계가 두려운 마음은 있기 마련이니 과감하게 두려움을 떨치라는 뜻으로 한 말이었다. 그러나 내 생각은 다르다. 이 이야기의 진정한 교훈은 많은 돈을 번 이문열 작가조차도 마지막 순간까지 생계 걱정을 하며 직장을 꾸준히 다니려고 했다는 것이다. 꼭 회사를 다니지 않더라도, 문화센터에서 강의를 하든, 건설현장에서 벽돌을 나르든, 어떻게든 생계를 버텨내야 한다. 그런 것이 수없이 많은 작가들의 삶이다.

보통 출판사와 계약을 하면 출판사에서는 책이 팔려 나갈 양을 가늠하여 인쇄한다. 그렇게 처음 찍어내는 것을 '초판 1쇄'라고 부른다. 내가 작가 일을 시작할 때만 해도 초판은 3천 부였는데 요즘은 책이 훨씬 안 팔려서 2천 부 미만도 수두룩하다. 1만5천 원짜리 책을 2천 부 인쇄했을 때 작가가 받는 인세는 3백만 원이 된다. 2015년 대한출판문화협회에서 내놓은 통계를 보면 1년간 새로 나온 책의 종류는 4만 5,213종이고, 팔린 숫자는 8,501만 8,354부라고 한다. 단순 계산으로 종당 1,880부가 팔렸다. 이 책들의 평균 가격은 1만4,929원이라고 하니, 책값 1만5천 원에 2천 부 정도가 팔린다는 어림짐작이 비스무레하게 들어

맞은 셈이다. 하지만 실제로 대부분의 작가들이 책 한 권으로 버는 돈은 그보다도 더 적다. 평균을 내 보면 책을 많이 파는 이문열 작가 같은 분들이 판매량을 휩쓸어 간다. 그러므로 보통 작가들은 평균보다 더 적게 팔게 된다. 책을 많이 파는 작가들은 몇 만 부, 몇 십만 부를 팔기도 하지만, 책을 아무리 적게 팔아도 0권보다 적게 팔 수는 없다. "당신 책은 너무 재미가 없어서, 내가 책을 당신에게 한 권 주고 오히려 작가인 당신에게 돈을 받아가겠소. 마이너스 한 권으로 처리하시오"라고 하는 경우는 없다. 즉 책 한 권을 낼 때, 평균 수준의 작가는 3백만 원보다도 더 적은 돈을 벌 가능성이 높다. 한국의 최저 임금이 8,350원이므로 합법적인 일이면 주5일, 하루 8시간씩 1년을 근무했을 때 수당 없이 벌 수 있는 금액은 1,740만 원가량이 된다. 평균보다 나은 작가라서 책을 낼 때마다 3백만 원 정도는 벌 수 있다 하더라도 최저 임금에 도달하려면 두 달에 책 한 권씩을 써야 한다는 계산이 나온다. 이 정도로 책을 써낼 수 있는 작가가 있을까? 요즘 그나마 돈이 된다는 웹소설, 인터넷 연재 소설을 착실히 써내는 작가는 정말 그렇게 쓰기도 한다. 그렇지만 어지간한 인기작가가 아닌 다음에야 그렇게 많은 글을 거침없이 써낸다 한들 쓰는 대로 팔리는 것도 아니다. 장사가 괜찮다고 해서 많은 작가들이 유일한 희망으로 보고 있는 웹소설조차도 크게 다른 상황은 아닌 듯하다. 한국콘텐츠진흥원의 〈2016년 이야기산업 실태조사〉라는 자료에 따르면 웹소설 작가의 평균 수입은 1,341만 원이다.

고용정보원이 공개한 〈2015 한국의 직업정보〉라는 자료에서 소설가는 가장 돈을 못 버는 직업 50가지 목록에 당당히 이름을 올렸다. 이 명단에는 영화 촬영장의 엑스트라, 수녀 등의 직업이 소설가, 시인과 함께 실려 있다. 그러니 작가가 살아가기 위해서는 다른 일로 밥값을 벌면서 어떻게든 다음에 나오는 책은 좀 잘 팔리지 않을까 하는 희망으로 버텨야 한다. 끊임없이 동전을 슬롯머신에 집어넣으며 잭팟이 터지기를 기다리는 도박 중독자와 별반 다르지 않은 듯하다. 안타깝게도 작가가 되어 글을 쓰는 일은 강원도 정선

밖에서도 얼마든지 할 수 있는지라 오늘도 많은 사람들이 이 일을 붙들고 있는지도 모르겠다. 그렇다고 출판사가 작가에게 지불해야 하는 몫을 무작정 높이거나, 원고료를 무한정 올리면 간단하게 해결되는 문제라는 생각이 들지는 않는다. 사람들에게 읽히는 책이란 것이 정신세계에서 대단히 큰 역할을 하는 듯 보여도 의외로 출판사들은 작고 영세하며 영업 사정이 힘든 경우가 허다하다. 서울 망원동에서 경기도 파주까지 길거리를 걸어가다가 울고 있는 사람을 만나면 다들 출판사에서 일하는 사람이더라는 농담이 있을 정도다. 게다가 소비자가 지불하는 돈이 똑같은데 작가가 갖는 몫이 무턱대고 늘어나면, 출판사나 잡지사는 그만큼 그 돈을 검증된 작가에게만 쓰려고 할 것이다. 예를 들어 어떤 국회의원이 작가들을 돕겠다며 모든 출판사는 책을 낼 때마다 무조건 1천만 원씩 작가에게 줘야 한다는 법을 만들어 버린다고 해 보자. 그러면 출판사는 만 권쯤은 팔릴 유명한 작가, 독자들이 얼굴을 아는 작가하고만 책을 내려고 할 것이다. 작가를 보호하겠다고 만든 제도 때문에 신인 작가, 무명작가들이 일할 수 있는 기회가 줄어들지도 모른다. 나는 국회의원이 이런 부류의 법을 발의하는 것을 "남의 돈으로 자기가 멋있는 척하는 쇼"라고 부른다. "내가 법을 만들어서 수많은 작가들을 보호했다"고 생색을 내지만 사실 작가들에게 가는 돈은 국회의원이 아니라 출판사에서 떼어 주는 것일 뿐이고, 경우에 따라서는 그런 법이 몇몇 유명 작가에게만 득이 될 뿐, 도리어 무명작가에게는 해로울 때도 있다는 말이다.

조금 다른 이야기로, 유명한 작가들에게 문학계를 살리기 위해서 어떻게 하면 좋겠냐고 인터뷰를 했을 때 "원고료를 높여 주면 좋겠다"고 대답한다면, 그 말의 진의와 상관없이, 무명작가나 신인 작가들에게 미치는 피해는 없을지 조심스럽게 따져 볼 필요도 있다고 생각한다.

이런 문제에 대해서는 나도 어느 방향이 옳다고 함부로 단정 짓지 못하겠다. 반대로 아무리 무명작가라 하더라도 무작정 헐값에 글을 파는 것은 나쁘다고 생각한다. "어차피 글 써서는 쌀 살 돈도 못 모은다. 나는 부업을 하며 생계를 해결하고 있으니 누가 5백 원만 준다고 해도 원고지 4백 매짜리 중편 소설을 쓰겠다"고 해서는 안 된다. 싼값에 일을 하면 출판사는 싼값에 받을 수 있는 글만 사려고 할 것이다. 그러면 그 돈을 벌어서 살림에 보태야 하는 다른 작가에게도 피해가 간다. 그렇다고 일률적으로 고료가 정해진다면 이번에는 내 단골을 만들기가 쉽지 않다. 똑같은 세탁소가 둘 있는데 같은 돈을 받는다면 내 가게에만 손님이 올 이유가 없는 것과 같은 이치다. 이미 명망이 높거나 출판계 인맥이 두터운 작가를 찾는 곳은 많아지겠지만 평판도 높지 않고 친분 관계도 적은 작가는 글을 팔아 성장하기가 어려워질 것이다.

물론 편집자와 독자가 다른 가게보다 훨씬 낫다고 생각하게 만들 좋은 글을 항상 쓴다면 더할 나위가 없겠다. 하지만 아침마다 일찍 일어나 운동을 하자는 결심도 실천에 옮기지 못하는데 무슨 수로 편집자와 독자를 동시에 반하게 할 글을 '매번' 쓰겠는가?

그래서 내가 몇 년 전부터 세운 비법을 공개하자면,

마감 기일을 꼬박꼬박 잘 지키는 작가가 되자는 것이다. "그래, 곽재식에게 맡기면 마감 전에는 꼭 글을 받을 수 있겠지"라고 믿게 할 수 있다면 인맥도 명망도 없지만 나름대로의 장점을 가진 작가가 될 수 있겠다고 판단했다. 말이야 이렇게 하지만, 정말 내가 그렇게 잘하고 있는지는 모르겠다. 앞으로는 좀 더 잘해보자고 또 다짐할 뿐이다.

이제는 말할 수 있는 좋아하는 책

모든 제품이 그렇지만 대개 유명하면 잘 팔린다. 유독 책이 더 그런 것 같다는 생각도 해 본다. 쇠고기나 돼지고기라면 육질이 좋아 보이고 비교적 값이 싼 고기가 잘 팔릴 것이다. 컴퓨터 부품은 같은 값이라면 용량이나 성능이 뛰어난 제품이 잘 팔릴 것이다. 그렇지만 책은 그렇게 고르기 어렵다. 책 표지를 잘 살펴본다고 해도, 쇠고기에 지방이 얼마나 있느냐를 따지는 것처럼 좋은 책인지 나쁜 책인지 쉽게 알 수 있는 것은 아니다. 책의 좋은 정도를 메모리 부품 용량을

측정하듯이 간단히 잴 수도 없다. 바로 알 수 있는 것은 유명하냐, 아니냐 정도다. 그렇다 보니 명작이라고 하는 소설, 대단한 상을 받았다는 소설, 유명한 작가가 썼다는 소설, 잘 알려진 글이 더 잘 팔리기 마련인 듯싶다. 막상 읽어 보면 재미있고 인생에 도움이 될 만한 책이지만 무명작가가 썼다는 이유로 하릴없이 잊히는 글은 많다. 반면에 어떤 책은 유명하다는 이유 하나만으로 도움이 될 것도 남는 것도 없지만 꾸준히 읽힌다. 누군가는 "저 유명한 책이 도대체 무슨 내용인지 알고 싶다"는 생각만으로 지긋지긋하고 재미없는 시간을 꾹 참고 견디며 읽기도 한다. 심지어 "무슨무슨 책을 읽은 사람이라고 주위에 말하고 싶다"는 이유 때문에 겨우겨우 힘겹게 책을 읽어 나가는 사람도 여럿 보았다. 읽고 싶어서 읽는다기보다는 읽었다고 하고 싶어서 읽는다. 그런 일이 크게 잘못되었다고 생각하지는 않는다. 어울려 살아가는 세상에 다들 유명하다, 화제다, 들썩들썩하는 것이 있다면 도대체 뭐길래 그런지 좀 더 알아보려는 마음은 충분히 이해할 만하다. 나도 그런 적이 있다. 나는 단테의 『신곡』이 정말 정말 재미없었는데도 명작이라는 이유 때문에 겨우 다 읽었다. 읽는 재미 자체는 없더라도 많은 사람들에게 널리 읽혔던 유럽 고전 문학 세계의 배경을 이해하는 데 도움이라도 되겠지 하는 마음으로 버티면서 읽었다. 그런데 막상 다 읽고 나서는 그런 도움조차도 얼마나 얻었는지 모르겠다. 『신곡』을 읽긴 읽었다는 기억이 깊게 남은 덕택에 얼마 전「로보타 코메디아」라는 소설을 쓸 때 아이디어로 써먹기는 했으니까 조금도 소용없었다고는 말하지 못하겠다만 말이다.

명작 고전에 대해서만 그런 경험이 있는 것도 아니다. 무슨 영국 소설이 한참 유행할 때, 세계적인 베스트셀러에 평가도 좋다기에 한번 읽어 보려고 했던 적이 있다. 그렇지만 시리즈의 첫 권만 겨우 읽고 포기했다. 『신곡』처럼 괴로운 정도까지는 아니었지만 그저 그랬다. 그보다 재밌는 소설이 세상에 얼마나 많은데! 계속 읽다 보면 나아질까 싶었지만, 아니었다. 그런데도 어디서 욕을 얻어먹을까 봐 『신곡』이 재미없었다는 말을 함부로 하지 않는다. 그 영국 소설이 별로였다는 말도 못한다. 그 증거로 지금 이 글에서도 무슨 소설인지 말을 안 하고 있잖나. 명작 고전을 함부로 비판하다가 그걸 이해 못하는 내 감각에 문제가 있다고 비난받는 것도 꺼려지고, 곽재식은 쓰레기 같은 감성을 가진 작가라고 소문이 나서 내 글까지 잘 팔리지 않게 될까 봐 두렵다. 그나마 『신곡』이 재미없었다고 고백한 것은 두려움을 초월할 정도로 재미없었기 때문이다. 지옥, 연옥편의 이야기는 그래도 읽을 만했던 것 같은데 천국편은 무슨 내용이었는지 기억도 나지 않는다. 대신에 재밌게 읽은 책은 재밌게 읽었다고 밝히기로 결심했다.

그동안 나는 무슨무슨 책을 재밌게 읽었다고 하면 수준이 낮아 보일 것 같아서 정직하게 말하지 못한 적이 몇 번 있었다. "요즘에 무슨 책 재밌게 읽었나요?"라고 누가 물으면 정말 재밌게 읽은 책을 추천하는 대신에 좀 그럴듯한 사람으로 보일 것 같은 제목을 댄 적도 있다. 1930년대에 나온 추리소설 단편집을 정말 재밌게 읽었다고 이야기하면, "역시 범죄나 살인 같은 자극적인 것만 좋아하나 봐요?", "그게 아니고요. 그런 소재를 다루었는데도 자극적인 데 집중하지 않고 삶의 복잡한 감정을 단순하면서도 사실적으로 잡아내는 게……", "1930년대 소설은 또 뭐예요? 옛날 소설만 보니까 요즘 감각에 맞는 소설을 못 써서 당신 책도 잘 안 팔리는 거 아니에요?"와 같은 대화가 이루어지는 게 두려워서, 『정의란 무엇인가』를 재밌게 읽었다고 대답했다. 내 자신을 속이려고 했던 일은 더 많았다. 재미있고 깨달은 바도 많았지만 인정하지 않았다. 무명의 한국 작가 책을 잘 읽고도 "시도는 괜찮았지만 영미권이나 프랑스, 일본 소설에 비하면 부족하네" 따위로 낮잡아 봤다. 심지어 그러고도 예리하게 부족한 점을 잘 간파했다고 좋아하기도 했다. 작가가 된 이후로 그런 짓을 하지 않으려 하고 있다. 내가 좋아한 책, 재밌게 읽은 책은 이유를 잘 밝히면서 마음속에 새기려 노력하고 있다. 얕봐야 할 이유가 있는 작가, 어쩐지 낮춰 볼 만하다고들 하는 분야의 글이라고 해서 괜히 단점을 강조하고 "이런 점은 괜찮았지만 전체적으로는 좀……"이라는 식으로 장점을 묻으려고 하지 않는다.

1990년대 말, 2000년대 초에 나는 듀나 작가의 소설을 처음 접했다. 그때 정말 재밌고 아름다운 글이 많다고 생각했다. 듀나 작가의 소설을 재밌게 읽었다고 떠벌리고 다닌 적은 없었지만 일부러 찾아 읽고 신작을 기다렸다가 나오자마자 샀다. 그런데도 속 시원하게 "듀나 작가가 최고다"라고 말하지 못했다. 당시 SF 동호회나 SF 게시판에는 "무슨무슨 SF의 진수는 미국의 이름 어렵고 긴 작가죠"라든가, "SF 소재를 깊이 있게 다룬 작가는 영국의 어떤저떤 처음 들어 보는 사람이죠"라고 말하는, 책을 많이 읽은 듯하고 수준 높아 보이는 사람들이 여럿 있었다. 듀나 작가는 "한국 작가 중에는 제법 괜찮긴 하지만, 한국 SF의 수준을 생각하면 걸음마 단계죠", "오리지널리티가 없다고 할까, 그럭저럭 얼개는 괜찮은데 짜다 보면 문학성에서 한계를 드러내는 순간이 보이죠", "소설로서 완결성이 떨어진다는 느낌을 받습니다" 운운하는 이들이 많았다. 그 사이에서 "저는 듀나 작가님 소설을 정말 재밌게 읽었습니다"라고 솔직하게 말하면 수준이 낮아 보일까 봐 느낀 만큼 솔직하게 말하지 못했다. 어차피 듀나의 무슨 소설이 세계 제일이라고 주장하는 것도 아닌데, 그저 재밌게 읽었다고 말하는 것뿐이었는데, 왜 그랬을까.

내가 직접 소설을 써서 책을 팔아 보려고 애쓰는 사이에 그 일을 후회하게 되었다. 막상 따져 보면, 그때 내가 본 소설 중에 듀나 소설보다 더 재밌게 읽은 소설이 몇 있지도 않았다. 내용은 신선해서 호기심을 끌었고, 이야기를 치고 나가는 구성은 정교했다. 그러면서도 결정적인 대목에서만은 아름답게 문장을 구성하며 감정을 무겁게 건드리는 솜씨는 깊게 와 닿았다. 『신곡』을 읽을 때도, 그 잘 팔린다는 영국 소설을 읽을 때도 그런 재미를 느낀 적은 없었다. 지금 돌아봐도 1990년대 말, 2000년대 초 문학판에서 과연 그 정도의 소설을 쓴 사람이 누가 있나 싶다. 나는 이제 후련하게 그런 이야기를 하고 있다. 앞으로도 재밌게 읽은 책이라면 부끄러워하지 않고 어떤 점이 멋졌는지 이야기하려고 한다. 어떤 점을 재밌게 여기고 좋아하는지 알아 갈수록 내 글에서도 장점을 더 살려 갈 수 있다고 믿기 때문이다.

나에게 '인생의 책'을 남겨 준 사람

　나는 좋은 책을 추천해 달라고 하면 보통 내 책을 추천하고, 좋은 소설을 추천해 달라고 하면 항상 내 소설을 추천한다. 실제로 내 책과 소설은 괜찮은 편이다. 세상에서 최고로 좋은 책을 추천해 달라고 한 것도 아니고, 그냥 추천 정도라면 내 책, 내 소설을 추천하지 못할 이유가 없다. 옛날 하고도 먼 옛날에는 작가라면 우아하게 소설만 발표하고 아무 말 없이 묵묵히 살아가다가 가끔 인터뷰를 요청해 오면 차분하게 몇 마디 자기 글에 대해 이야기하는 것이 멋있는 모습이라고 생각하기도 했다. 그렇지만 내가 그렇게 해서는 죽도 밥도 안 된다는 사실을 깨달았다. 누군가의 눈에 뜨이고 이름이라도 기억하게 해야 의뢰인들 머리에 "저 사람에게 글 좀 써 달라고 할까" 하는 생각이 잠깐이라도 스쳐 지나갈 테니까. 그래야 작가 생활을 어떻게든 꾸려나갈 수 있을 듯하다. 하지만 밉살스럽게 아무데서나 "곽재식 책 좀 사 주세요. 곽재식 책 좀 사 주세요. 제발제발" 하고 떠들고 다닐 수도 없는 노릇이다. 다른 이야기를 하는 도중에 분위기를 깨고 내 책 선전을 할 수도 없다. 그렇게 보면, 책을 추천해 달라는 말을 들었을 때 내 책을 추천하는 것 정도가 자연스럽게 해 볼 만한 일이다.

그래서 '인생의 책'으로 꼽아 볼 책도 당연히 내 책이다. 다만 이번에는 판매가 목적이 아니다. 지금은 구입하기도 어려우니까. 꼭 10년 전인 2009년 한 인터넷 커뮤니티에서 '쑤우'라는 이름을 쓰는 이가 나에게 연락을 해 왔다. 인터넷을 돌아다니는 내 소설이 몇 편 있기는 한데, 아직 종이 책으로 엮여 나온 것은 없으니 자신이 주동해서 사람과 돈을 모아 독자들끼리 나눠 읽을 책을 찍어 볼까 한다는 이야기였다. 그러면서 나에게 허락을 구했다. 그 말대로, 당시 나는 작가라고는 하지만 내 이름을 달고 엮여 나온 변변한 책 한 권이 없었다. 그렇게 해서 곽재식의 책을 독자들이 돈을 모아 내겠다는 계획이 처음 나왔다. 당시에는 아이디어를 가진 제안자가 다수의 개인으로부터 자금을 모으는 크라우드 펀딩 사이트가 없었다. 그럴 때에 쑤우라는 분이 주동하여 그야말로 알음알음 글을 아는 독자들끼리 어떻게든 책을 내어 보겠다고 일을 벌인 것이다. 어느 출판사에서도 눈여겨보지 않은 작가였는데 과연 돈을 내고 먼저 나서겠다는 독자들이 몇이나 될까 싶었다, 도중에 흐지부지되어 망신이나 당하지 않을까 걱정스럽기도 했다. 그런데 나는 2008년 12월 말에 개봉한 짐 캐리 주연의 영화 〈예스맨〉을 본 지 얼마 안 된 상태였다. 〈예스맨〉은 모든 제안에 무조건 "하겠다"고 대답하기로 결심한 주인공의 인생이 바뀌는 영화로, 황당한 일도 겪지만 대체로 좋은 일이 생긴다는 내용이다. 제법 재미있게 보았기 때문에 그 후에 "정말로 모든 제안에 '하겠다'고 대답하면서 살면 재밌지 않을까" 하는 생각을 한동안 마음에 품고 살았다. 그렇다고 내가 대출 광고에 무조건 화답해서 필요도 없는 돈을 빌렸다든가, '집에서 일하며 돈 버실 분 고소득 보장' 같은 지하철역 전단지에 응해서 직장을 때려치우고 알 수 없는 일에 뛰어들었다든가 하진 않았다. 실제로 일에 응하기 전에는 이리저리 따져 보았다. 차분히 보니 쑤우 님의 제안은 나쁘지 않은 듯했다. 혹시 망한다면 "독자들끼리 책을 내겠다고 일을 벌이더니 곽재식이 너무 인기가 없어서 망했네"라고 놀림거리가 되는 것 정도가 가장 큰 피해였다. 확실히 좀 부끄럽기는 하겠다. 하지만 따져 보니, 뭐, 보는 사람 없는 작가라는 것은 이러나 저러나 사실이었다. 쑤우 님에게 한번 해 보라고 얘기했다. 그렇게 해서 일이 진행되었다. 처음 쑤우 님은 책 제목을 '그녀를 만나다'라고 지었다. 나는 이 책을 사는 독자에게 뭔가 새로운 선물을 하나 주어야 한다는 생각이 들어 급히 '그녀를 만나다'라는 제목으로 단편소설을 새로 써서 "같이 수록해 달라"고 말했다. 이 단편 소설은 나중에 『최후의 마지막 결말의 끝』에 실려 시중에서 구할 수 있는 책으로 나오기도 했다. 지금은 웹진 〈거울〉에서도 볼 수 있다. 새 소설을 보내자, 쑤우 님은 일을 이끌어 갈 힘을 얻었다며 무척 고마워했다. 나중에 어느 글에서 쑤우 님은 새 단편 소설 「그녀를 만나다」를 받았을 때, "마치 신숙주가 밤새도록 일하다가 잠들었는데 세종대왕이 와서 자기 옷을 벗어 덮어 주고 갔다는 사실을 뒤늦게 알고 감격한 것처럼 감격했다"고 썼다.

이 책 제목은 나중에 『곽재식 단편선』으로 바뀌었다. 제목만 보면 내 단편 중에 좋은 작품을 선별한 것 같지만 사실은 그때까지 인터넷에 공개했던 단편 소설들을 가능한 한 모두 끌어 모은 전집에 가까운 책이다. 일은 순조롭게 진행되었다. 최종적으로 이 책을 위해 돈을 낸 사람은 1백 명에서 2백 명 사이였던 걸로 기억한다. 판형은 대학가에서 교재로 나눠 주는 유인물을 엮어서 만든 책과 비슷했다. 아마 싼값에 쉽게 작업할 수 있는 곳을 찾아서 가장 효율적으로 만든 듯

싶다. 쑤우 님은 표지를 꾸며 줄 사람을 찾는다고 공지를 올리기도 했다. 그런데 참여한 사람들로부터 아무 반응이 없자 본인이 직접 대학가 유인물 같은 표지를 두서넛 만들어 올리면서 어떤 것이 좋을지 골라 보라고 했다. 신선한 감각의 소설책이라기보다는, 어째 국립공원공단 같은 곳에서 지리산 반달곰들 체중을 기록해 제출하는 보고서 표지 같은 느낌이었다. 반달곰 체중 제출 보고서 표지를 내가 싫어한다는 것이 아니라, 정말 꼭 그런 느낌이었다. 그 표지가 인터넷에 올라가고 나니 디자인에 실력이 있는 누군가가 '저래서는 안된다'고 생각했는지 훨씬 멋있는 표지를 직접 만들어 보내 주었다. 이렇게 해서 탄생한 책이 『곽재식 단편선』이다. 내 첫 번째 책은 출판사에서 만들어 준 것도 아니고, 언론사나 학교에서 만들어 준 것도 아니고, 쑤우 님과 내 글을 좋아하던 독자들이 나서서 만들었다. 나는 이 사실이 무척 자랑스럽다. 이 책을 생각할 때마다 앞으로도 열심히 또 꾸준히 글을 써야겠다고 다짐하게 된다. 이 책을 지금은 구하려야 구할 길이 거의 없는 까닭은 바로 이런 사정 때문이다.

10년이 지난 요즘, 가끔 무슨 행사 같은 데 가서 앉아 있으면 아주아주 드물게 『곽재식 단편선』을 들고 와서 서명해 달라는 독자들이 있다. 대개는 갑작스러워서 "와, 이 책을 갖고 계시네요" 정도밖에 말하지 못하는데, 그래도 서로 머뭇머뭇하는 사이에 감정이 조금쯤 전달되었으리라 믿는다. 정말 반갑습니다. 그때 너무너무 고마웠습니다. 지난 10년 동안 잘 지내셨지요? 10년 전에 하려고 마음 먹으셨던 일들은 이제 잘 하셨나요? 앞으로도 계속 잘 살아 주세요. 저는 덕분에 이렇게 잘 버텨 왔습니다. 등등.

　　실제로 이 책이 이후의 작가 생활에 도움이 되기도 했다. 눈으로 보이는 두터운 책이 있으니 돌아다니다가 눈에 뜨이는 일도 많아졌고, 컴퓨터나 스마트폰 화면보다 종이책으로 소설 읽기를 좋아하는 편집자나 출판, 언론 관계자의 시선을 끌기도 했다. 누군가의 가족이 이 책을 구입했는데 우연히 눈에 띄어 읽다가 "이 작가 글이 괜찮구나" 싶어 글을 청탁한 적도 있고, 실려 있는 소설 전부를 시중에 책으로 출간하고 싶다는 야심찬 계획으로 연락해 온 출판사도 있었다. 모든 제안이 다 목가적으로 이어지진 않았지만, 작가로 살아가는 데 이 책과 거기 얽힌 사연이 나에게 힘이 되었다는 것은 분명하다.

몇 년 전 가볍지 않은 병이 쑤우 님에게 찾아와 병원을 들락거리며 병과 싸우고 있다는 소식을 전해 들었다. 10년 전 망해 가던 작가 한 사람을 멋지게 도와줬던, 온갖 골치 아픈 일들을 다 잘 헤쳐 나갔던 바로 그 쑤우 님다운 힘으로, 오늘의 어려운 순간도 멋지게 잘 헤쳐 나가기를 기원하고 또 기원한다. 어떤 이야기가 정말로 도움이 될지 몰라서 더 말을 보태진 않지만 이 대목을 읽으면서 기분이라도 조금 나아졌으면 좋겠다. 왜냐하면, 지금 생각해 보니, 당신이 세종대왕이고 내가 신숙주였던 것 같기 때문이다.

오늘 저녁, 필생의 대작에 도전하기

나는 2018년에 『항상 앞부분만 쓰다가 그만두는 당신을 위한 어떻게든 글쓰기』라는 책을 썼다. 어떻게 하면 좋은 글을 쓸 수 있을까라는 문제에 대한 내 생각을 모두 담은 책이다. 쓰고 싶은 것이 생기면 항상 메모하자, 너무 잘 쓰려고 하지 말고 일단 대충 다 써서 마무리지어 놓고 나중에 고치자, 마감 시간을 정하고 그때까지는 맞춰서 다 쓰려고 노력하자, 글을 쓰는 도중에 백업을 잘하자, 등등이 주요 내용이다. 최고의 글쓰기 방법이나 글쓰기에 대한 멋있는 말을 해 주기보다는 내가 글을 써 나가면서 버티는 동안 유용했던 경험을 있는 그대로 풀어 놓는 데 집중했다. 내가 글 쓰기의 복잡한 이론을 얼마나 이야기해 줄 수 있겠는가? 그냥 평소에 써먹는 수법을 이것저것 엮어 설명했다. 좀 비겁하거나 약은 술수 같아 보여도 내가 쓰고 있는 방법, 내가 좋다고 생각한 방법이 있다면 가감 없이 이야기했다. 분명 어떤 사람들은 그 책을 보고 얻어 가는 것이 있을 것이다. 위대한 글을 쓴 최고의 대문호에게는 배우기 힘들어도 중견작가로 가늘고 길게 버텨 가는 나 같은 작가로부터는 가능한 것도 있다고 본다. 위대한 작가가 훌륭한 발상과 깊은 성찰, 폭발하는 성실성으로 쓴 글은 마침 그 사회가 당면한 문제와 어울려서 위대해진다. 그런데 일반적으로 훌륭한 발상이나 깊은 성찰을 하기란 쉽지 않고, 그렇게 써낸 글이 사회에 딱 어울리기도 어렵다. 대신 그보다 한참 모자란 작가가 어떻게 그럭저럭 봐 줄 만한 글을 짜내고 완성하는지에 대한 이야기가 더 와닿을 수도 있다. 새로운 컴퓨터 게임을 배울 때 프로게이머 김세연 선수처럼 경이로운 달인에게 배우는 것보다도, 얼마 전에 게임을 시작한 친구에게 배우는 것이 좋을 때도 있다는 이야기다. 내가 글을 쓰는 데 유용하게 생각하고 있는 것은 『항상 앞부분만 쓰다가 그만두는 당신을 위한 어떻게든 글쓰기』에 숨김없이 다 풀어 놓았다. 10년쯤 더 글을 써 나가다 보면 새로운 생각이 몇 가지 추가로 쌓일지 모르지만, 지금으로서는 크게 보탤 만한 중요한 이야기가 없다. 때문에 여기서는 나도 아직 추천까지는 자신이 없지만 나름대로 그럴싸하게 들리지 않을까 싶은 방법 하나를 소개해 보고자 한다. 바로 마음속에 품고 있는 필생의 대작을 언젠가 쓰겠다며 막연히 미뤄 두지 말고, 가능하면 빨리 현실화해 보라는 것이다.

소설을 쓰는 사람들이 언젠가 꼭 써 보고 싶은 소재를 가진 경우를 많이 보았다. 만화를 그리거나, 영화 시나리오를 쓰거나, 컴퓨터 게임을 만드는 사람도 비슷한 경우는 종종 있는 듯싶다. 다 쓰고 나면 정말 뿌듯할 것 같은 주제를 마음속에 품고 있는 사람은 많다. 그런데 살다 보면 자꾸 미루게 된다. 이유가 뭘

까. 언젠가 꼭 써 보고 싶은 글은 마음속에서 굉장히 멋지고 아름답게 형상화되어 있기 때문에 아주 잘 써야 할 것 같다. 자연히 공을 들이고 특별히 신경 써야 한다고 여긴다. 그런데 공을 들이고 신경 쓰는 일은 힘들다. 힘든 일은 하기 싫다. 그에 비해 바쁜 일은 많다. 지금 꼭 해야 하는 업무가 산적해 있거나, 당장 마감이 급한 다른 글을 써야 할 수도 있다. 기다리던 영화나 TV연속극을 볼 시간도 필요하고, 그동안 너무 피로했기 때문에 뒹굴뒹굴 누워서 하는 일 없이 하루 정도는 보내야 할 수도 있다. 때문에 힘들고 신경 쓰이고 공을 많이 들여야 하는 일은 "언제 시간이 나면"이라는 알 수 없는 미래로 밀리게 된다. 막연한 구상으로 자라나고 있는 글이란 마감도 없고 쓰는 데 얼마나 힘이 들 것이냐 하는 고민도 거치지 않은, 그저 어른거리는 연기 같은 환상의 상태다. 그렇기 때문에 분량도 많고 규모도 크기 마련이다. 책 10권 정도의 분량으로 이어지는 대모험 서사시라든가, 3대에 걸쳐 100년 정도의 세월을 따라가며 복잡한 인간관계를 다루는 이야기, 30가지 괴물을 만나고 80군데의 기괴한

성을 돌아다니는 어마어마한 구상이 작가의 머릿속에서 쉽게도 자라난다. 당장 일정을 정해 쓸 글이 아니라 쓰면 좋을 텐데 하고 잠깐 떠올려 보는 상상 속에서는 어떤 대작이나 방대한 이야기도 거리낌이 없다. 나는 365편의 단편 소설 시리즈를 써서 매일 한 편씩 계절에 어울리는 글을 1년 내내 독자가 읽게 하겠다는 구상을 한 적도 있다.

분량이나 규모가 아니라 글쓰기의 예리함이나 자료 조사의 어려움 때문에 미뤄지기도 한다. 나는 중요한 취업 면접을 앞두고 있는 사람이 아침에 일어나서부터 면접을 마칠 때까지 겪는 고민과 긴장을 한 권의 장편 소설로 써 보자고 생각한 적이 있다. 특별히 방대한 대작은 아니지만, 차곡차곡 사람 심리를 깊게 묘사해야 하고 취업준비생들이 겪는 갈등과 고민의 근원이 무엇인지 탐사해서 잘 담아내야만 좋은 글이 될 수 있을 것이다. 여지없이 시간이 걸리고 골치 아프고 어려운 일이다. 자료와 배경을 조사하는 것이 기술적으로 어려운 경우도 있다. 나는 오페라를 좋아하는 편이지만 음대생이나 성악가의 삶에 대해서는 아무것도 모른다. 그런데 오페라 한 편을 준비하고 완성하는 과정에서 겪는 고난을 소재로 소설을 쓰고 싶다면 자료 조사하는 일이 쉽지는 않을 것이다. 하지만 애니메이션 영화 〈업〉의 시작 장면에서 평생이 다 가도록 남아메리카로 여행을 떠날 수 있는 날은 오지 않았던 것처럼, 이런저런 핑계를 대면서 미루다 보면 해 보고 싶은 것을 할 수 있는 날은 결국 오지 않는다. 그러니 과감하게 지금 그 미래의 꿈에 도전하면 좋다, 뭐 그런 소리다.

여기에 내가 한 가지 덧붙이고 싶은 것은 영화 속 도전에 비해 글을 쓰는 것은 훨씬 더 쉽다는 점이고, 그러므로 도전해 볼 만하다는 말이다. 일 년 내내 따뜻한 남태평양에 가서 항상 여유롭게 설렁설렁 해변에서 소일하는 삶이 꿈이라고 해 보자. 이를 실현하는 데는 해결해야 할 현실적 어려움이 많다. 무슨 돈으로 뭘 해 먹으며 남태평양의 섬에서 버틴단 말인가? 대충 살아질 거라 생각하고 직장을 때려치우고 전세금

빼서 남태평양으로 갔는데 막상 가 보니 도저히 살기 어려워서 한 달 만에 돌아온다면 그때는 어디서 지내 며 무슨 직장을 구해 먹고사나? 실패의 위험은 두렵 고 지불해야 할 대가도 크다. 그에 비하면 언젠가 꼭 써 보고 싶은 글을 위한 도전은 실패하더라도 타격이 적다. 소모된 것은 몇십 킬로바이트의 컴퓨터 용량 정 도다. 글쓰기 연습이라 여긴다면 피해는 더 줄어든다. 시간은 좀 소요되겠지만 대신에 역량은 늘었을 테니 까 말이다. 게다가 글쓰기는 훨씬 더 쉽게 현실과 타 협해 볼 여지가 있다. 한국 전쟁을 소재로 한 사람의 인생이 뒤바뀌는 거대한 서사시를 쓰고 싶은데, 아직 엄두가 나지 않는다면 분량을 줄여 단편 소설 정도로 꾸며 볼 수도 있다는 뜻이다. 전쟁터에서 겨우 목숨 을 구하는 가장 결정적인 장면만 뽑아 오고 앞뒤의 배 경을 설명하는 내용을 덧붙이면 긴 이야기의 한 토막 짜리 내용을 단편 소설로 바꾸어 꾸밀 수 있다. 그 정 도라면 전 재산을 정리해서 남태평양으로 떠나는 일 에 비해 어렵지 않다. 주인공과 배경을 정해 두고, 같 은 주인공이 등장하는 여러 편의 연작 단편으로 이야기를 꾸밀 수도 있다. 실제로 나는 대한민국 제1공화국 시기가 배경인 하드보일드 느와르 탐정 소설이나 신라 시대가 배경인 해적들의 모험담을 쓰고 싶다는 꿈을 갖고 있었다. 그 꿈은 적당한 타협을 거쳐 단편 소설 몇 편으로 완성되어 잡지 ≪미스테리아≫와 단편집 『이웃집 슈퍼 히어로』에 나누어 실렸다. 이런 식으로 목표를 줄이고 나면, 도전하는 위험도 적어진다. 그러니까 까짓것 실패해도 된다는 생각으로 조금쯤 성급해도 된다는 뜻이다. 이 시대 청년들의 심금을 울리는 아픔을 담아내면서 취업 면접을 기다리는 소설을 써내는 것은 어렵겠지만 그럭저럭 취업 면접에서 생긴 기억에 남을 만한 사연 하나를 단편 소설로 꾸며낼 수는 있을 것이다. 써 놓고 영 마음에 안 들면 다시 고쳐 쓰거나 묻어 둬도 된다. 이렇게 제각각 마음에 품고 있는 글에 대한 도전이 더 많이 필요할지도 모르겠다는 생각을 오늘 한번 해 본다.

공모전이나 투고에 당선되기 위해 심사위원의 마음에 들 것 같은 글을 짜 맞추고, 잡지사나 신문사에서 써 달라는 글을 쓰다 보면 정작 내가 글을 왜 쓰고 있는지, 뭘 보여 주고 싶어서 글을 쓰는지 흐릿해지는 때가 있다. 다들 망해 간다고 이야기하는 출판계에서 "이런 글이 그래도 팔린다"는 몇몇 사람들의 생각에 맞춰 주기 위해 서로 경쟁하는 글이 자꾸 늘어나는 마당에, 오늘 저녁에는 언젠가 내가 꼭 쓰고 싶었던 글에 한번 도전해 보는 것도 좋겠다.

괜찮은 소설을 쓰는 방법

　인생이 망하는 것은 매우 쉽다. 도시에 살고 있다면 집 밖으로 나가서 눈을 감고 몇 분 정도만 앞으로 걸어가면 된다. 분명히 교통사고를 당할 것이다. 목숨을 건진다고 해도 갑작스럽게 부상을 입고 드러눕게 되면 인생은 그만큼 더 불편해질 것이다. 거기에 대해서 아무 조치도 취하지 않으면 지금 살고 있는 삶을 유지하기도 쉽지 않을뿐더러 조금씩 망해 갈 것이다. 꼬박 꼬박 출석을 해야 하는 학생이거나 매일 출근해야 하는 직장인이라면 일상부터가 헝클어진다.

그렇지만 인생이 흥하기란 아주 어렵다. 행복이 좋은 것이라고 하는 까닭은 그만큼 귀하기 때문 아닌가 싶을 정도다. 행복한 삶을 산다는 것은 신기루로 피어오른 궁전 건물에서 막힌 배관을 찾아 뚫는 일에 가깝다. 기준을 한껏 낮추고 작은 일에도 만족하며 행복하게 살아 보려고 마음먹고 또 마음먹어도 결코 쉽게 얻을 수 없다. 커다란 깨달음을 얻은 사람이 아닌 다음에야, 사는 내내 행복을 느끼기란 어렵기 마련이다.

겨우 일이 잘 풀려 나가나 싶은데 갑자기 몸 한군데가 이상해지는 바람에 큰 병에 걸리는 두려움에 빠지기도 하고, 괜찮게 일상을 보내는 것 같지만 거대한 빚을 지고 있어서 빚만 생각하면 마음이 답답해지기도 한다. 만사에 문제가 없는 것 같다가도 어느날 사랑하는 사람이 바람을 피웠다는 이야기를 듣기도 하고, 아닌 밤중에 도둑이 들었다가 나가는 길을 찾지 못해 내 얼굴 앞에 칼을 들이댈 수도 있다. 행복으로 가는 사다리는 수백 개의 받침대 위에 세워져 있는데 그중 하나만 망가져 버려도 사다리는 쓰러진다.

한번은 연세대학교에 특강을 하러 갔다가 비슷한 이야기를 꺼낸 적이 있다. 나를 초청한, 동유럽 문학을 전공했다는 학자가 같은 이유로 "디스토피아 소설은 쓰기 쉽지만 유토피아 소설은 쓰기 어렵다"고 했다. 과연 그렇다. 사회 체계를 이루는 구성 요소 중 하나가 망가지는 바람에 암울한 세계로 변하는 모습을 상상하기란 어렵지 않다. 전기를 갑자기 쓸 수 없거나, 식량이 부족해지거나, 혹은 음악이 완전히 금지된다거나, 뭐든 하나만 철저히 파괴하면 된다. 암울한 사회상을 보여 줄 방법을 구상하는 일은 간단한 편이다.

하지만 아무 걱정이 없는 유토피아 사회를 그럴 듯하게 보여 주는 것은 어렵다. 모든 문제를 해결한 복잡한 모습을 떠올리기란 쉽지 않다. 아무 문제 없는 지상천국 같은 곳이라고 설명하지만 미처 생각하지 못하고 간과한 문제가 있을 가능성도 높다. 그러다 보니 소설 속에서 유토피아라고 설명하는 곳도 대개 겉으로만 지상천국일 뿐 심각한 문제를 내포하는 사례가 많은 듯싶다. 그래서 어둡고 막막하게 결말을 맺는 소설보다 밝고 즐겁고 후련하고 상쾌한 결말로 끝나는 소설을 구현하는 일이 기술적으로 더 어렵게 느껴진다. 다시 말해 나는 슬픈 결말보다 행복한 결말을 그럴 듯하게 써내는 것이 더 정교한 기술이라고 믿는다. 그렇다고 슬픈 결말을 맺은 소설이 덜 아름답다는 이야기는 전혀 아니다. 또한 소설이 슬픈 결말이면 무조건 싫다는 말도 아니다. 50층짜리 철근 콘크리트 빌딩과 단층 목조 한옥을 비교해 본다면 한옥 쪽이 아름다운 경우도 허다할 것이다. 한옥 건축은 나름대로 특별한 기술이 필요하기도 하다. 내가 행복한 결말 쪽이 기술적으로 더 어렵다고 말하는 것은 철근 콘크리트 건물을 지을 때 높은 곳에 올라가 있는 타워 크레인을 보며 신기하고 멋지다고 여기는 느낌 정도라고 할 수 있겠다.

게다가 행복한 결말을 가진 소설에 대한 내 생각에 확신을 갖고 있는 것도 아니다. 남에게 그 말이 맞다고 강하게 주장할 만한 배짱도 없다. 따지고 보면 지금 어떤 글을 써야 할지 몰라 방황하고 있는 사람이라면 오히려 반대로 생각하는 것이 좋을지도 모르겠다. 요즘 그나마 약간 바뀐 느낌이 있지만 그래도 얼마 전까지 문학계에서는 암울하고 비정하며 잔인하거나, 슬프고 어두운 현실의 처참함을 파헤치는 이야기들이 공모전에도 많이 당선되고 상도 많이 받았다. 행복한 결말보다는 누구 하나 죽거나 절망에 빠지는 상황이 나와야 이야기가 더 깊고 진지해진다고 막연히 생각하는 사람도 여러 번 보았다. 숫자가 많은지 어떤지는 몰라도 그런 막연한 편견에 빠진 사람들은 분명히 있다. "인생이란 원래 비참하기 마련이므로, 우울한 소설 쪽에 인생의 정수가 담겨 있다"는 식으로 말하는 사람도 봤다.

그러나 나는 행복한 결말을 내는 소설에 계속 도전해 보고 싶다. 세상의 밝은 면을 글로 드러내는 데만 집중하고 싶다는 이야기가 아니다. 신선한 아침 공기를 맡으며 일어나 "나는 할 수 있다"고 중얼거린 뒤에 아침 운동을 하러 나가 보았더니 들리는 새소리가 아름답더라는 부류의 글이 내 목표는 아니라는 이야기다. 세상의 많은 문제와 삶의 골칫거리들을 갈등으로 잘 밝혀 늘어놓으면서도 읽어 나가는 동안 웃을 수 있고, 마지막에는 후련해지는 글을 목표로 삼고자 한다.

나는 일전에 "삶의 아름다운 순간을 포착하고 그것이 글을 읽는 사람에게 전해질 수 있도록 하는 것"이 소설에서 중요하다고 말한 적이 있다. 독자가 마지막 장을 덮으며 '참 잘됐다'고 느끼는 소설을 쓰고 싶다. 왜냐하면 남이 잘되는 것을 보고 진심으로 마음속 깊은 곳에서부터 '참 잘됐다'고 생각해 주기란 쉽지 않기 때문이다. 누군가 고위 공무원이 될 수 있는 시험에 합격을 했다거나, 투자를 잘한 덕택에 큰돈을 벌었다는 소식을 듣게 되었을 때, 정말로 공감하고 같이 기뻐해 주는 일이 흔치 않다. 대개 '저 사람은 저만큼 성공했는데 나는 지금 이 꼴이 뭔가'라고 생각하게 마련이다. 사람에 따라서는 '지금껏 내가 그 사람보다는 잘 산다고 생각했는데 이제 그 사람이 나를 더 못 사는 사람 취급하겠군'이라고 여기는 경우도 드물지 않다. 학창시절부터 오래 사귄 친한 친구라거나 우애 좋게 지낸 형제자매 정도가 아니면, 그저 좋은 일이라고 해서 바로 '참 잘됐다'는 기분을 느끼며 같이 좋아하기란 어렵다. 심지어 가족의 성공에도 열등감을 느낄 수 있고, 여태껏 잘 지내온 친구가 성공하고 나니 미워 보이더라는 일도 있다. 그런데 꾸며 낸 이야기 속 인물이 좋은 일을 겪을 때 독자가 '참 잘됐다'고 느끼게 해 주는 글이 있다면 나름대로 가치가 있지 않겠나. 인물이 고난과 역경을 극복한 끝에 마침내 오래도록 고민하던 문제를 해결하는 방식을 쓸 수도 있을 것이고, 주인공을 계속해서 갑갑하게 하던 것을 산산히 깨어 버리는 결말도 생각해 본다. '참 잘됐다'는 느낌을 전해 주기 위한 괜찮은 방법들을 앞으로 좀 더 많이 궁리해 보고 싶다.

내 글이 안 팔려도 버티려면

2006년, 처음 텔레비전 방송국에 소설 판권을 판후에 이것이 큰 계기가 될 수도 있겠다고 짐작했다. 그러나 기다려 봐도 돈이 되는 일은 별로 생기지 않았다. 갑자기 할리우드 영화사에서 전화가 와서 "어제 방영한 TV극을 보고 감동받아 당신 소설을 잔뜩 읽어 보았는데 그중 하나는 스티븐 스필버그 감독에게 부탁해 영화로 만들어도 좋을 것 같아 일단 오백만 달러에 계약부터 하고 싶다"고 했다면 삶이 얼마나 쉬웠겠는가? 그러나 그 비슷한 일도 벌어지지 않았다. 계속 소설을 써서 웹진 〈거울〉에 올리고는 있었지만 무슨 원고료 수입이 생기는 것도 아니고, 출판사에서 글을 써 달라는 연락이 오는 것도 아니었다. 하다 못해 내가 올린 소설에 덧글을 달아 주는 독자가 더 늘어나지도 않았다. 한 달 두 달, 한 해 두 해 시간은 잘 흘러 갔다. 웹진 〈거울〉에서 활동하던 분들 중에 꽤 큰 문학상을 타거나 지금은 한국의 대표 작가 중 한 사람으로 인정받는 작가들이 있다. 그런 분들이 나와 비슷한 시기에 앞서거니 뒤서거니 하며 필진으로 활동하고 있었다. 그 작가들은 얼마 지나지 않아 문예지에 소설을 실어 달라는 청탁을 받거나, 자기 이름으로 책을 내거나 했다. 그러는 동안에도 나에게 별다른 일거리를 주는 곳은 없었다. 한번은 잘나가는 동료 작가들의 글을 차분히 읽어 보았다. 과연 좋은 글이었다. 그렇지만 내 소설도 거기에서 크게 모자란 것 같지는 않았다. 어떤 기준으로 평가하느냐에 따라 평은 달라질 것이고 자신 있게 모든 점에서 더 재밌다고야 할 수 없겠지만 내 소설도 괜찮아 보였다. 게다가 쓰고 싶은 글을 써 왔기 때문에 당연하게도 마음에 확 와 닿았다. 이만하면 괜찮지 않은가? 왜 이렇게 아무도 내 글을 찾아 주지 않는가? 원망스러울 지경이었다.

그러다 2008년, 2009년 무렵에 여러 작가들이 한 번에 글을 모아 내는 공동 단편집 작업 기회가 생겼다. 그때 나도 단편 소설로 참여했고, 그후 출간되는 지면에 글을 실을 수 있는 기회가 몇 번 이어졌다. 황금가지에서 『한국 환상 문학 단편선』을 출간할 때 9명의 다른 작가들과 함께 참여했던 것이 아마 제일 먼저였을 텐데, 그조차도 출판사에서 내 글을 좋게 보아서 발탁된 것은 아니었다. 책의 기획에 웹진 거울팀이 참여하고 있었기 때문에 〈거울〉에서 꾸준히 활동했던 나도 낄 자리를 얻은 것뿐이다. '곽재식 작가와 독자의 만남' 행사가 열렸을 때는 몇몇 분이 내 사인을 받고 싶은데 마땅한 책이 없자 공동 단편집을 들고 오기도 했다. 그 후로도 가끔씩 글을 실을 기회가 생겼다. 시간이 가는 동안 '이런 식으로 차근차근 일거리를 늘려 가다 보면 언젠가 알아봐 주기도 하겠지' 하고 희망을 품기도 했다. 그러다가 한번은 일거리가 똑 떨어졌다. 내가 그렇게 지낼 때 공동 단편집에 같이 글을 싣던 작가들은 유명한 잡지에 사진과 함께 인터뷰가 실리거나 신문 칼럼 지면을 얻고 있었다. 굵직한 상을 받는가 하면, 문예지나 대학 국문학과에서 그 작가에 대한 연구 논문이 나오기도 했다. 나는 책 한 권 제대로 내지 못하고 항상 어디에 또 글을 실을까 싶어 허덕이는데, 멋진 책을 내고 멋지게 상을 받은 뒤 마감 때문에 힘들었으니 잠시 쉬겠노라며 어느 멋진 나라의 해변가 같은 곳으로 여행을 떠났다는 다른 작가의 SNS 사진을 보면 부러웠다. 부럽다는 생각만 하면서 하루 종일 멍하니 앉아 있을 수도 있을 것 같았다.

시간도 나의 편은 아니었다. 2012년에서 2013년 무렵에는 나에게 글 써 달라는 청탁이 거의 없었다. 아무 데서도 찾아 주지 않는 시간이 길게 이어졌다. 무슨 수든 내야겠다고 생각했다. 참신한 글을 찾고 있다는 출판사의 투고란에 소설을 보내고, 잡지에 투고를 하고, 대형 출판사나 언론과 한번 엮여야겠다는 생각에 문학 공모전에 글을 보냈다. 그러나 글이 좋으니 뽑아 주겠다는 곳은 없었다. 어느 편집자는 내 글이 나쁘지는 않은데 출판사 방향과 맞지 않다며 그런 류의 글을 곧잘 출간하는 다른 출판사를 소개시켜 주었다. 유일하게 긍정적인 반응이었다. 너무나 고마워서 부랴부랴 소개해 준 출판사에 다시 글을 보냈지만 거기서도 또 거절당했다.

지금 돌이켜 보면 이 시기가 슬럼프였다고 생각한다. 아무도 내 글을 안 찾아 주는 것 같던 그 시기를 생각하면 지금 누가 글을 써 달라고 연락을 주는 것은 너무나 반갑고 즐겁다. 글을 써 달라는 연락을 받으면 시간을 쪼개고 틈을 내어 어떻게든 마감을 맞춰 최대한 글을 써 주려고 애쓴다. 그때를 생각하면 이렇게 내 글을 찾아 주는 곳이 있다는 사실이 무척 소중하다. 슬럼프 시기에는 내가 작가라고 불리던 것도 몇 년 정도였고 이제 이렇게 끝나는 것은 아닌가 생각했다. 약간의 재주를 믿고 예술 하겠다고 바람만 들었다가 별 소득 없이 슬며시 사라지는 많은 사례 중에 나도 한 명이 되겠거니 싶었다. 그러다 가끔 예전에 쓴 소설을 들춰 보며 '이건 정말 괜찮은데 왜 아무도 안 사 갈까' 하고 한숨을 쉬곤 했다.

이때의 답답한 경험은 다른 글이나 강연에서 몇 번 이야기한 적이 있다. 그러니 여기서는 그 시기를 어떻게 극복했는지에 대해 써 볼까 한다. 물론 어떻게 극복했는지에 대한 명쾌한 답은 없다. 어찌저찌 버티면서 계속 달라붙어 있다 보니 지나가더라는 것이 진실이다. 그러나 그렇게만 이야기하면 글 값을 할 수 없겠기에, 머리를 짜내어 세 가지 정도를 떠올려 보았다.

첫째로 나에게는 생계를 유지해 나갈 직장이 있어서 많은 회사원들처럼 출근하고 퇴근하고 야근하고 회식하며 지냈다. 지금도 변함이 없다. 이 글을 쓰는 오늘 저녁에도 회식이 하나 잡혀 있다. 덕분에 글이 안 팔리는 시절에도 당장의 끼니 걱정에서는 벗어날 수 있었다. 한석봉처럼 3년 동안 아무것도 안 하고 글만 쓸 것이니 생계는 어머니께서 떡을 팔아서 해 주시라는 식이 아니었다. 만약 3년 후에 작가로서 어떤 경지에 오르지 못했을 시 모든 것을 포기하고 나도 떡장사나 돕겠다는 마음이었다면 "이제 깨끗하게 포기하자"거나 "내일부터 절필이다"라는 식으로 거창하게 때려치웠을 것이다. 거창하게 때려 치우고 나면 더 이상 글을 부지런히 쓸 수 없다. 다시 글을 쓰겠다고 돌아가기가 힘들어진다. 쓰지 않으면 어떠한 행운이 찾아와도 작가로 자리 잡을 수가 없다. 말하자면 그때 나는 떡장사도 하면서 글공부도 했던 셈이다. 입밖으로 "이제 때려치워야겠어"라든가 "곧 절필이야"라는 말은 하지 않았다. 더 이상 못 쓰겠다는 생각이 들더라도 말은 안 하고 그냥 안 쓰면 된다고 생각했다. 그러자니 속으로야 '글쓰기로는 안 될 모양이다'라고 좌절하다가도 은근슬쩍 또 자연스럽게 다시 글쓰기를 이어 갈 수 있었다.

둘째로 하여튼 그래도 꾸준히 글을 계속 써 보는 게 좋겠다는 마음을 먹었다. 이 다음 문장을 뭐라고 썼다가 지금 네 번이나 고쳤는데, 도대체 왜 그렇게 결심했는지, 그렇게 결심해서 어떻게 위기를 헤쳐 나왔는지는 또렷하게 설명은 못하겠다. 하지만 제일 답답했던 순간에도 점점 더 다양하고 더 신기한 글을 써야겠다고 생각했다. 그러다 보니 글이 쌓였고, 글이 쌓이다 보니 다듬어서 더 좋게 고칠 재료가 늘었고, 재료가 늘다 보니 팔아 먹을 것도 생겼다.

셋째로 내 글을 읽는 독자들을 생각했다. 내 글이 안 읽힌다고 해도, 심심해서 제목만 보고 뭔가 싶어 읽어 보는 한두 사람쯤은 분명히 있었다. '곽재식이 글도 쓴다던데 도대체 뭘 쓰고 있나', '곽재식이라는 인간의 머릿속이 궁금하다' 싶어서 글을 보려는 친구나 지인도 있었다. 그리고 몇 년간 글을 써 오는 가운데 '그래도 곽재식의 글이면 한번 읽어 볼 만은 하다'고 생각하는 독자들 역시 적어도 몇 명은 있었던 것 같다. 어디에서도 글을 사 주지 않지만, 인터넷에 올려 놓으면 내 독자들은 읽을 거라고 생각했다. 가급적이면 그들에게 괜찮은 것, 좋은 것을 보여 주고 싶었다. 예전보다 조금 더 나은 것을 보여 주고 싶고 오늘은 또 새로운 것을 보여 주고 싶었다. 덧글도 몇 안 달리는 글을 쓰면 뭐하나 싶다가도 내 독자들은 가끔씩 다음 글을 궁금해할 수도 있다고 생각했다. 취미로 낚시를 하는 사람이 잡은 물고기를 주변에 자랑하고 싶어서 애를 쓰는 것과 비슷하다.

2009년에 시장통 건물 2층에 있던 맥줏집에서 독자들과 만난 행사가 기억난다. 그때 어떤 분이 나를 붙잡고 "작가님은 앞으로 계속 더 큰 자리에 서실 텐데 그때도 우리들을 잊지 마세요"라고 얘기해 주었다. 그분의 이름도 모르고, 지금 그분이 어떻게 지내는지도 모르며, 도대체 무슨 소설을 좋아했는지도 모른다. 어쩌면 봄날, 낮부터 맥주를 잔뜩 마신 탓에 흥이 나서 던진 말일 수도 있다. 10년이 지난 지금은 그분도 완전히 잊었으리라. 그렇지만 나는 일이 안 풀릴 때마다 그 말을 떠올린다. 변변히 감사하다고 말을 전할 기회도 없었는데, 이 페이지를 통해서라도 여전히 감사한 마음을 간직하고 있다는 것을 전하고 싶다.

정말 이상한 독자와 만난 날

나는 언제 처음 시작과 끝이 갖추어진 소설을 썼던 가. 우선 중학교 1학년 때 공책 한 장의 앞면과 뒷면을 채운 추리 소설이 떠오른다. 반 친구들 서너 명과 비슷비슷한 이야기를 써서 돌려 보았는데, 내용은 괴로울 정도로 재미없었다. 노련한 형사와 젊은 형사 두 사람이 주인공이고 두 사람을 돕는 웃긴 감초 역할로 방범대원 한 사람을 등장시켰는데, 노련한 형사는 어쩐지 범죄가 발생할 것 같으면 소화불량이 일어나는 이상한 징크스가 있었다는 것도 기억난다. 고작 그런 정도의 이야기가 제목은 또 말도 안 되게 심각해서 그중 한 편이 '최후의 악마'였다는 것도 생각난다. 아마도 지금 다시 읽게 된다면 소설이라고 부를 수조차 없는 시간 때우기 장난 정도로 보일 것 같다. 당연히 독자와의 일화라고 할 만한 일도 없어서, 고만고만한 학생들이 서로 한 달 정도 돌려 읽었던 것이 전부다.

처음으로 인쇄되어 여러 사람이 본 소설은 고등학교 학보에 실려 있다. 아마도 고등학교 2학년 때였던 것 같은데, 학보를 편집하는 부에 들었던 친구가 몇 페이지 정도 지면을 때워 달라고 부탁해 왔다. 수필도 좋고, 서평이나 영화평도 좋고, 시도 좋고, 뭐든 지면만 채우면 된다고 했다. 당시에도 영화 보는 것을 좋아했으므로, 영화에 대한 글이면 어떻게든 채울 수 있겠다 싶어서 쓰기로 했다. 그런데 얼마 후 계획을 바꿨다. 소설을 써서 실으면 분명히 눈에 뜨일 것 같았다. 심지어 감동적이고 재미있다면 나도 멋져 보이지 않을까, 그러면 아이들 사이에서 우쭐할 수 있지 않을까, 그런 생각을 했던 것을 이제야 고백한다.

고등학생들이 반쯤 잘난 척에 빠져서 장난이랍시고 괜히 교과서에서 배운 시나 소설을 변형해서 웃긴 글을 쓰고 주변 아이들에게 보여 주며 재밌어 하는 경우가 있다. 내가 그랬다. 나는 「적벽부」나 「차마설」 같은 글을 재미있게 고쳐 써서 친구들을 보여 주었다. 웃기는 수준이었지만 제법 좋아해 준 아이들도 있었다. 그러니 기왕이면 내 분위기에 맞으면서도 멋져 보일 수 있는 근사한 소설을 학보에 실어야겠다고 마음먹었다. 평소 글로 쓰면 그럴듯해 보일 것 같았던 등하굣길 풍경 몇 가지를 소재로 잡았다. 학보는 학기말 즈음, 늦겨울에 나올 예정이었으므로 봄에 관한 소설을 쓰면 새 학기를 기대하는 심리와도 어울리겠다고 생각했다. 그래서 등하굣길에서 본 소재, 봄이라는 배경을 한 번에 담을 수 있는 줄거리를 만들기로 마음먹었다.

이미 워드 프로세서가 보편화된 시절이었지만 나는 학교에서도 틈틈이 써야 했기 때문에 원고지를 사용했다. 그리하여 마감 전에 단편 소설 모양을 갖춘 소설을 완성할 수 있었다. 제목은 '봄길에서는'이었다. 이 소설은 학보에 찍혀 나와, 수천 명의 학생들에게 전부 한 부씩 나갔다. 나도 여전히 한 부를 갖고 있다. 다시 읽어 보니 상당히 조잡하고 흐리멍덩하다. 그렇지만 소설이라고 부를 수 있는 내용이다. 환상적인 운치를 묘사한 대목 한두 군데는 살짝 괜찮아 보이기도 한다. 그래서 「봄길에서는」을 내가 처음으로 쓴 소설이라고 생각하고 있다.

만약 지금 내가 하고 있는 이야기가 황금시간대 텔레비전에서 방영되는 연속극이나 시트콤이었다면 학교에서 굉장히 인기 있는 학생이 되거나, 나를 동경하는 다른 학생이 등장해서 감동적인 사연이 생기거나, 아니면 내가 그때부터 문학에 심취하여 문학계의 떠오르는 샛별로 성장해 갔으리라. 그렇지만 그런 일은 전혀 없었다.

나는 시나 소설에 심취한 학생이라기보다 '무의미'라는 단어를 이용해서 시시껄렁한 농담이나 지어내는 웃긴 놈 역할이 되어 있었다. 다행히 거기에 동조하는 친구가 생겨서 같이 어울리기는 했지만 농담꾼 느낌만 더 강해질 뿐이었다. 고등학교를 졸업하고 공대에 진학할 때까지도 그 사실은 변함이 없었다.

　이제 시간은 대학교 1학년 때로 거슬러 간다. 당시 나는 낯선 도시에서 기숙사 생활을 하며 대학을 다녔기 때문에 고등학교 때 친구들과의 왕래가 확 줄어들어 있었다. 그러던 중에 동창 한 명이 내가 다니던 학교로 놀러 왔다. '무의미'라는 단어로 온갖 농담을 지껄이고 다니는 것이 웃기다고 생각해서 의기투합했던 무리 중 하나였다. 농담이나 좋아하고 공부나 하던 나와 달리, 검도를 배우며 많은 선후배들과 좋은 교분을 만들어 두었던 그는 여전히 학교를 다니는 고등학교 후배들과 친분이 있었다. 그런데 그 후배의 친구 하나가 나에게 보내는 긴 편지를 썼고 그 후배를 통해 친구에게 전해 주었으며 친구가 나를 만나러 오는 길에 편지도 들고 오게 되었다. 그러니까, 나 – 친구 – 후배 – 후배의 친구라는 연결고리로 한 통의 편지가 고향의 학교를 떠난 지 여러 달이 지난 어느날 나에게 도착한 셈이다. 편지에 무슨 내용이 담겼고 어떤 물건

이 함께 들어 있었는지는 결코, 조금도, 전혀 상상할
수 없었다. 여기까지 이야기를 읽은 독자 분들도 한번
자유롭게 상상해 보기 바란다. 그 내용은 절대 짐작할
수 없을 것이다. 이 이야기에 직접 엮여 있는 당사들
이외에는 도저히 상상할 수 없는 그야말로 무의미의
극치 같은 내용이었으니까.

　결론부터 말하자면, 그 후배가 다른 학생과 함께 종
교 단체 '재식교'를 창시했다는 것이었다. 재식교의
신도가 아직 두 명밖에 없지만 곧 세 명으로 늘어날
것 같다든가 하는 전망도 쓰여 있었다. 우주 창조의
비밀과 인생의 의미를 재식교라는 신흥 종교에서 구
했다는 것은 아니다. 절대 아니다. 도대체 무슨 얼토
당토않은 감각인지는 모르겠지만 그들이 "야, 우리가
재식교라는 걸 만든 다음에 신도라고 하고 다니면 진
짜 대박 웃기지 않겠냐?"라는 생각을 실천에 옮겼다
는 사연이었다. 그들에 대해서는 아는 바가 전혀 없었
다. 친한 친구 후배의 친구 무리였으므로 오다가다 얼
굴을 봤거나 이름을 들은 적은 있었을지 모른다. 하지

만 말 한 마디 나눠 본 적도 없다. 관련이 있다면 학보에 실린 소설이 유일하다. 두 학생은 내 소설을 읽었다. 그게 전부였다. 아직까지도 두 명, 내지는 세 명의 청소년 독자들이 어디서 그렇게 웃긴 점을 발견해 재식교를 만들어 활동한 것이지 나는 맥락을 이해하지 못했으며 사실 처음부터 이해하려는 노력도 하지 않았다. 그런데 여기서 조금만 더 생각해 보자. 아무리 그래도 장난처럼, '재식교'니 '재식교 신도'니 하면서 놀게 되었다고 해도, 굳이 복잡한 여러 단계의 인맥을 이용해서 곽재식 본인에게 편지까지 보내는 귀찮은 짓을 할 이유는 없지 않겠는가? 팍팍한 학교 생활을 하는 동안 정상적인 희로애락을 즐길 감각이 마비된 나머지 재식교라는 유희를 찾았다 한들, 별 친하지도 않은 선배에게 굳이 왜 편지까지 보내겠는가? 여기에 이 이야기의 신비로운 결말이 있다. 말미에 편지를 보낸 직접적인 이유가 적혀 있었다. 두 학생은 재식교 활동을 하기 위해 학교 운동장 옆에 있는 산책로 숲길에 갔다고 한다. 글은 그렇게 썼지만, 쉬는 시간에 산책로를 걸으며 잡담이나 좀 하려던 거였겠지.

그런데, 벤치에 앉아 발로 흙을 토닥거리면서 잡담을 하던 중, 한 학생이 흙먼지 속에 오랫동안 버려져 있던 쓰레기를 발견했다. 자세히 보니 종이쪽지였다. 직감적으로 이상하다고 느낀 다른 학생이 꺼내 들어 보았다. 그런데 놀랍게도 그 종이쪽지에는 '곽재식 바보'라고 씌여 있었다고 한다. 도대체 그 쪽지를 누가 써서 언제 버렸는지는 모르겠지만 너무나 어처구니가 없었던 두 학생은 그런 '유물'을 발견한 것도 일종의 계시가 아니겠냐며 잘 보존하고 있다가 마침 연락할 방법을 찾았기에 나에게 보낸다고 적혀 있었다. 편지 봉투 한 켠을 살펴보니, 정말로 낡은 종이 쪽지 한 장이 있었다. 정직한 설명 그대로 '곽재식 바보'라고 적힌 쪽지였다.

이야기는 이것으로 끝이다. 후배는 이후로 편지를 더 보내지 않았고, 이 모든 일에 대해서 더 이상 아무 소식도 듣지 못했다.

영화에서 찾는 글 쓸 거리

나는 영화에서 본 것을 어떻게 잘 살려서 소설로 써 보면 좋겠다고 자주 생각한다. 그중에서 글로 써 보고 싶었지만 몇 차례 시도해도 잘할 수 없었던 몇 가지를 소개해 보겠다. 혹시 내가 찾지 못한 답을 알아낸다면 어딘가 인터넷 사이트 같은 곳에 올려 주어도 좋고, 아니면 직접 그 답을 살려서 자신만의 글을 써 봐도 괜찮겠다.

첫 번째로 이야기해 볼 영화는 〈록키〉다. 〈록키〉는

한 번밖에 안 봤다. 재미는 있었지만 썩 좋아하는 편은 아니다. 그런데 록키가 필라델피아 거리를 뛰어다니며 연습을 하고 미술관 앞 계단을 올라가는 장면은 아주 좋아해서 여러 번 보았다. 이때 록키는 유명한 주제곡에 맞춰서 이곳저곳 뛰어다니며 쉐도우 복싱을 한다. 그러다가 주제곡이 절정으로 넘어갈 즈음이면 미술관 계단을 올라가 그 앞에서 팔을 쳐들며 힘이 넘치는 동작을 취한다. 그게 다. 대사도 없다. 그런데 이 장면을 보면 나도 뭔가 열심히 하고 싶은 마음이 차오른다. 아침에 늦잠 자고 싶을 때 이 장면을 떠올리면 벌떡 일어나 나가고 싶어진다. 나도 막 뛰고 싶어진다. 도대체 왜 이 장면을 보면 힘이 나는지 모르겠다. 어렴풋한 느낌으로라도 알아내서 소설에 써먹고 싶다. 이 장면을 멋있다고 생각하는 사람은 나 혼자만이 아니다. 인터넷 동영상 사이트에서 검색해 보면 바로 이 장면만 뽑아 놓은 영상이 나오고, 그 아래에 전 세계 사람들이 "어려울 때 큰 도움이 되었다", "슬프고 기운이 없어질 때마다 이 장면을 본다", "최고의 몽타주 장면이다" 등등의 말을 남겨 놓았다. 아침에 필라델피아의 미술관 앞에 가 보면 동네 사람들이나 근처에 여행 온 사람들이 영화 속 록키를 흉내 내며 운동하는 모습을 끝도 없이 볼 수 있다. 왜일까? 무슨 거창한 대사가 나오는 것도 아니다. 록키가 "역경에도 포기하지 말고 항상 꿈을 위해 도전하자!" 같은 말을 하지 않는다. 절대 그렇지 않다. 록키가 달리는 장면이 후련해 보이기는 한다. 그렇지만 무술 영화의 수련 장면처럼 인간의 한계를 초월하는 신기한 내용이라고 할 수도 없다. 많은 장면에서 록키는 평범하게 아침 운동을 하는 사람처럼 보인다. 왜 이 장면이 멋진가를 반복해서 살펴보았다. 그러다가 잡다한 사실도 알게 되었다. 예를 들어 록키가 시장통에서 달리기를 하고 있으니까 그게 영화 촬영인 줄 몰랐던 시장 상인이 오렌지를 하나 던져 주면 록키가 그걸 받으면서 고마워 하는 장면이 있다. 이때는 록키 역할의 배우 실베스터 스탤론이 무명이었기 때문에 시장 상인이 알아보지 못하고 진짜 운동하는 동네 사람인 줄 알았다고 한다. 무명 시절 실베스터 스탤론이 영화로 성공할 꿈을 품고 직접 각본을 쓴 내용이라는 점을 생각해 보면 배우의 도전이 겹쳐 보이면서 약간 다른 느낌으로 멋지기도 하다. 그렇지만, 그런 사정을 모를 때도 영화 장면은 멋있어 보였다. 심지어 고등학교 때 한동안 아침마다 록키를 따라 한다며 근처 시장통을 한 바퀴 뛰고 등교하던 일도 있었다. 피곤에 쩔어 잠이 부족한 와중에도 상쾌하고 기분이 좋았다. 오늘 하루도 쉽지는 않겠지만 그게 지긋지긋한 불운이 아니라 영화의 흥미를 위해 주인공이 잠깐 겪는 난관 같은 느낌이었다고 할까.

나름대로 내가 내린 결론은 쇠락한 필라델피아 거리를 뛰면서 마음속으로는 그에 대비되는 챔피언의 꿈을 품은 록키의 모습과 목표를 위해 열심히 애쓰는 시원함이 보는 사람도 흥겹게 한다는 것 정도였다. 막판에 록키는 오늘 운동을 다 했다며 상쾌해한다. 챔피언이 된 것은 아니지만 열심히 연습했고 땀흘려 운동했다는 사실만으로도 보람차고 기분이 좋은 것이다. 그게 높다란 곳에 위치한 근사한 미술관 건물을 배경으로 화면에 비친다. 나는 이 장면을 보고 든 생각과 느낌을 소설 속에 살려서 이리저리 활용해 보기도 했지만, 아직까지 딱 맞아떨어지게 성공한 적은 없다.

　두 번째로 이야기해 볼 영화는 〈다이하드 3〉다. 존 맥클레인 형사가 제우스라는 그날 처음 본 사람과 짝이 되어 미국 뉴욕 시내를 정신없이 뛰어다니며 테러리스트 범죄자의 폭탄 테러를 막으려 한다는 내용이다. 무더운 여름의 뉴욕 이곳저곳을 짧게 비추면서 러빈 스푼풀의 〈Summer in the City〉를 들려 주는 시작 장면부터 무척 신나는 영화다. 언젠가 뉴욕에 여행을 가게 되면, 존 맥클레인 형사 일행이 갔던 곳을 차례대로 따라가 보고 싶다는 생각까지 하고 있다. 악당은 맥클레인 형사에게 뉴욕 시내의 어느 동네에서 그보다 한참 떨어진 다른 동네까지 아주 짧은 시간에 오지 않으면 폭탄이 터질 거라고 협박한다. 그러자 맥클레인은 엄청난 속도로 차를 달린다. 옆에 타고 있는 제우스는 큰 사고가 날까 봐 겁먹고 놀란 모습이다. 이때 제우스가 맥클레인에게 "성호를 어떻게 긋는거지?"라고 물어 본다. 맥클레인은 "위, 아래, 왼쪽, 오른쪽"이라고 대답해 준다. 그 말을 듣고 제우스는 천주교 성당에서 기도할 때 하는 대로 손가락을 위 아래 왼쪽 오른쪽의 차례로 황급히 움직인다. 그러니까 '이렇게 위험한 상황으로 돌진하고 있습니다. 신이시여, 제발 살려 주십시오'라고 빌고 있는 것이다. 그런 대사가 나온다는 이야기는 아니다. 놀라고 겁에 질린 제우스는 허둥댈 뿐 아무 말이 없다. 딱 2초에서 3초밖에 안 되는 장면이다. 정신없이 질주하는 자동차가 있고 그 차에 탄 두 사람도 정신이 없다는 상황을 황급히 나누는 대화를 통해 보여 주는 것뿐이다. 그렇지만 그 짧은 순간에 아주 많은 것이 보인다. 우선 제우스가 평소에는 성호 긋는 법에 전혀 익숙하지 않을 정도로 종교나 전통에 냉소적인 성격임을 알려준다. 그렇지만 지금은 그런 제우스조차도 기도하고 싶을 만큼 위험하다는 점도 나타낸다. 한편으로 차를 멈추거나 천천히 안전 운전할 상황이 도저히 안 되는 위급하고 긴급한 상황이라는 사실도 드러낸다. 악당의 폭탄 테러를 막기 위해서는 아무리 운전이 위험해도 도저히 차를 멈출 수 없으니 할 수 있는 것은 기도밖에 없다는 이야기다. 한편 맥클레인은 위험한 일이라도 일단 저지르는 입장이고 제우스는 그에 비하면 더 신중하며 위험을 걱정하는 성격이라는 점도 눈에 띈다. 그 와중에 제우스가 묻고 맥클레인이 답하며 둘이 친해지고 우정을 쌓아 가는 느낌도 어렴풋이 든다. 이런 느낌을 글로 비슷하게 표현하려면 어떻게 해야 할까.

세 번째 영화는 1970년대 애니메이션인 〈워터십다운의 토끼들〉인데 토끼들이 어울려 사는 사회에서 생기는 여러 고난과 역경을 모험물이나 사극 느낌으로 다룬 이야기다. 이렇게만 말하면 웃기겠다고 지레짐작할지 모르지만 내용은 심각한 편으로 토끼들이 서로 다투거나 죽고 사는 문제로 발버둥치는 장면은 때로 잔인하고 처절하다. 그래도 토끼들이 주인공인만큼 보들보들한 모습으로 앉아 있는 장면은 흐뭇하게 쓰다듬어 주고 싶은 마음을 불러일으킨다. 이런 마음은 실제 토끼를 보는 사람들에게 더 많이 생기는 것 같다. 가끔 공원 같은 곳에 가면 토끼 한두 마리를 풀어 놓고 기르는 곳이 있다. 그런 곳에서 내가 던져 준

당근을 먹으려고 토끼가 뛰어와서는 혹시 위험한 것은 없는지 주변을 초조하게 두리번거리면서도 빠르게 오물오물 먹는 모습은 무척 귀엽다. 토끼에게는 당근을 먹는 즐거움이 세상만사를 앞서는 의미 있는 일인 듯 열심히, 성실히 그것을 먹는다. 당근 먹는 일에 집중하고 또 집중한다. "토끼야 많이 먹어라." 그런 말이 입에서 저절로 나온다. 도대체 왜 이런 토끼의 모습은 보기가 좋을까? 뭘 잘 모르는 얼빵한 느낌, 연약한 느낌, 그러면서도 자기 나름대로는 당당하고 꿋꿋한 느낌을 가진 다른 생명을 보면서, 공감과 도와주고 싶은 마음이 동시에 일어나기 때문일까? 도대체 왜 그런 모습을 우리는 귀엽거나 웃기다고 느낄까? 역시 몇 차례 그 비밀을 잡아 내어 소설에 써먹으려고 시도했다. 그리하여 결과가 괜찮은 소설도 있었지만, 여전히 핵심을 잘 알아내서 제대로 독자들에게 보여 주는 데 성공한 것 같지는 않다. 이것도 언젠가는 풀고 싶은 수수께끼다.

우여곡절 끝에 출간된 『한국 괴물 백과』

나는 SF를 무척 좋아한다. 아마 SF 소설을 어느 장르보다 많이 썼을 것이다. 그렇지만 원고료를 받는 지면에 실린 것으로만 따지면 오히려 SF 단편보다 다른 소설이 더 많다. 그렇다 보니 반대로 SF 작가들이 소설을 한두 번씩은 당연히 싣는다 싶은 지면에 못 낀 경우도 흔하다. 나는 의외로 추리 소설을 다루는 잡지 《미스테리아》에 자주 원고를 실었다. 잡지사 편집진을 제외하고 《미스테리아》에 두 번째로 많은 원고를 실은 사람은 〈그것이 알고 싶다〉의 출연으로도 유명한 법의학자 유성호 교수다. 잡지의 성격과 어울리는 필자다. 그런데 그보다 더 자주 원고를 보낸 외부 필자가 바로 곽재식이다. ≪미스테리아≫ 창간호를 제외하고 그다음 호부터 에세이든 실화 탐사든 소설이든 매번 청탁을 받아 끈질기게 싣고 있다. 방금 가만히 살펴봤더니, 단편 소설을 실은 작가들로 따져 보아도 내가 ≪미스테리아≫에 추리 소설을 가장 많이 실은 작가인 듯하다. 그 외에 순수 문학을 지향하는 문예지에 소설을 한두 번 실었고, 평론 비슷한 글도 썼다. 인테리어 잡지나 영화 잡지에 글을 게재한 적도 있다. 공공 기관 소식지의 청탁을 받고 원고를 보내 주었지만 "이런 글은 내보낼 수 없다"고 해서 원고료만 받은 적도 있다. 역사물이나 사극도 여러 편 썼다. 나는 1940년대 미국에서 유행한 흑백 필름 누아르 영화들을 좋아하는데, 삼국 시대를 배경으로 쓴 소설에서 누아르 영화 느낌을 내 보면 재밌겠다는 생각을 종종 했다. 꼭 한번 해 보고 싶은 일이었기 때문에 삼국 시대를 비롯한 역사적 자료도 많이 모았다. 그러다가 어찌어찌하여 괴물에 대한 이야기를 다른 사람들도 볼 수 있도록 인터넷에 공개해 보자고 생각했다. 그런데 게시물을 본 사람들 중 몇몇은 그 자료를 굉장히 좋아해서 인터넷에 공개한 내용들이 이리저리 막 퍼져 나가기 시작했다.

이후 한국의 옛 괴물 기록 수집은 내 취미가 되었다. 한국의 옛 기록을 보다가 우연찮게 괴물 이야기를 발견하면, 계속 추가해서 공개했다. 예전에 내가 알았던 것이 잘못되었음을 깨닫게 되면 내용을 수정하기도 했다. 그런 식으로 작년까지 꾸준히 모아 온 내용을 엮어서 삽화와 함께 출간한 책이 바로 『한국 괴물 백과』다. 『한국 괴물 백과』의 광고 문구나 신문 보도를 보면 "곽재식 작가가 10년 이상 수집한 한국 괴물에 대한 자료를 총망라!"라는 식으로 적혀 있다. 마치 김정호가 지도를 그리기 위해 전국을 떠돌아다녔다는 전설처럼, "이 지역에는 어떠한 괴물 전설이 있을까?" 찾아다니기를 10년 이상 해 나간 집념의 괴물 전설 연구가가 떠오를 법하다. 실상은 전혀 그렇지 않다. 서울에서 살면서 작가로서 지난 10여 년간 이런

저런 자료를 모을 때나, 취미로 가끔씩 새로운 옛 기록을 들추다가 괴물 이야기를 찾게 되면, 그때 공개해 놓은 자료에 덧대는 작업을 했을 뿐이다. 그저 취미일 뿐이었는데도, 여러 사람에게 공개하면서 꾸준히 보완해 나가다 보니 책으로 내놓을 만한 그럴싸한 자료가 되었다. 중간 과정 자료라도 다른 사람에게 유용할 듯싶으면 공유하는 것은 사실 IT 분야의 공개 소프트웨어 개발이나 오픈 소스 작업에서 흔한 편이다. 아마 그런 방법을 한국 전통 자료 공유라는 생소한 영역에 적용한 것이 좋은 결과로 이어진 듯하다. 독자 반응도 굉장히 좋았다. 그러나 출간이 순조로웠던 것은 아니었다. 오히려 내가 지금까지 출간한 책 가운데 중간에 판이 깨지는 일을 가장 많이 당했다.

처음 출간 제의를 받기까지 오래 걸리지는 않았다. 인터넷에 자료를 처음 공개한 지 얼마 지나지 않아 한 출판사로부터 연락을 받았다. 모 출판사의 신입 편집자였다. 그는 한국의 여러 괴물들을 사전처럼 꾸며서 낸다는 것이 정말 신선한 발상이고, 틈새 시장에서 특이한 책을 펴내는 회사의 방침에도 잘 맞을 것 같다고 했다. 그러나 얼마 후 "아무래도 제작비가 많이 드는 데 비해, 독자는 제한될 것이 확실해서 시장성이 떨어진다는 이유로 상부의 허가가 나지 않았다"는 답이 돌아왔다. 미안하다고 하기에, 괜찮다고 했다. 괴물 하나당 삽화 하나만 그려도 괴물이 200마리면 삽화 2백 장을 그려서 넣어야 하는데 제작비가 만만할 리 없으니까.

이런 연락은 그 후에도 잊을 만하면 한 번씩 왔다. 나중에는 신기한 책을 출간하겠다는 생각에 들떠 밝게 제안해 준 편집자에게, 내가 먼저 "그런데 삽화 제작비가 많이 들 수 있다는 점을 미리 감안하셔야 하고, 책이 팔릴 수 있다는 가능성을 출판사 경영진에서는 이해 못할 가능성이 높으니 설득하기 위해 준비해 달라"고 이야기할 정도였다.

결국 실제 책 계약을 한 것은 처음 제안을 받은 지 10년가량이 지난 2018년 초가 다 되어서였다. 그런데 이번에는 '좋은 제안이라고 여겨서 추진했지만 출판사 경영진을 설득하지는 못했다'는 일이 없었다. 왜냐하면 제안한 사람이 출판사의 공동 대표였기 때문이다. 그런 상황을 보면서 출판이나 글을 팔고 사는 판에서는 글이 좋아져서 찾는 사람이 많아지거나 사람들 생각이 바뀌어서 글이 팔리는 것이 아니라 글을 유통하는 사람 자체가 바뀌어서 글이 팔리게 되는구나 하는 생각도 해 봤다. 이게 무슨 말이냐. 예전에 비해 내가 더 좋은 글을 쓰게 되었다거나, 혹은 사람들의 생각이 바뀌어 그나마 요즘 내 글이 나은 평가를 받는 것이라기보다, 5년 전, 10년 전에 내 글을 원래부터 좋아하던 학생들이 세월이 지나면서 출판사의 편집자가 되고, 언론사의 높은 직급으로 승진하면서 자연히 내가 쓰는 글에도 기회가 더 오는 것 아닐까, 싶었다는 거다.

지금 내가 쓰고 있는 이 글을 출간하는 출판사의 김홍민 대표만 해도, 처음 『한국 괴물 백과』라는 책을 만들고 있다는 출판사의 소식을 전해 들으며 '저 출판사 사람들이 드디어 출판 시장의 쓴맛을 한 번 보겠구나'라고 생각했단다. 김홍민 대표에게 직접 들은 이야기다. 물론 '한국의 괴물' 같은 것을 좋아하는 사람들의 수요가 약간은 있겠지만, 출간했을 때 시중에 인기가 있을 정도로 많은 사람들이 좋아할 책은 아니라고 판단했던 모양이다. 유명한 거장으로 추앙받던 문호가 공을 들여 내는 책도 맥없이 관심을 못 끄는 것이 요즘 출판계의 무서운 현실인데, 어찌 보면 유치하고 어찌 보면 기괴한 '한국 괴물을 나열한 책' 같은 것은 소수의 드문 취미일 수밖에 없다고 예상했을 것이다. 그러나 놀랍게도 『한국 괴물 백과』는 상당히 잘 팔렸다. 더욱 놀라운 것은 『한국 괴물 백과』 출간 전후로, 한국의 괴물을 사전이나 목록식으로 만들어 판다는 다른 분들의 책이 아마추어 작업이나 전문 출판사를 통해 동시에 여러 편 나왔는데 다들 잘 되었다는 사실이다.

『한국 괴물 백과』는 나에게 다른 기회를 가져다 주기도 했다. 한 시사 월간지에서 매달 한 편씩 괴물에 대한 글을 연재해 달라는 연락을 준 것이다. 잡지에 다달이 연재할 수 있는 지면을 어디라도 얻은 것은 이 번이 처음이었다. 나는 정세랑 작가나 윤이형 작가가 《보그》나 《GQ》 같은 잡지에 글을 싣는 것을 보고 정말 멋있다고 생각했다. 그때 부러워했던 마음과 시사 월간지에 괴물 글을 싣는 것과는 상당한 거리가 있지만, 따지고 보면 나에게는 어울리는 분위기라고 생각하여 매달 성실히 작업하고 있다.

세상의 모든 예비 작가들에게

문학 잡지 ≪악스트≫와의 인터뷰에서 듀나 작가는 "영화 평론가가 되고자 하는 지망생들에게 어떤 말을 해 주고 싶으냐?"는 질문에, 딱 한마디로 "웬만하면 하지 마세요"라고 썼다. 재미있는 대답이지만, 내가 비슷한 질문을 두고 똑같이 말할 자격은 없는 듯하다. 나는 크게 성공하지도 않았고, 널리 인정받은 기록도 없으니까. 그러므로 지금부터 하는 이야기와 생각이 다르다면 받아들이지 않아도 무방하다.

자신이 하고 싶은 이야기가 있다면 작가가 되어도 좋다. 단지 멋있어 보여서 작가가 되고 싶다면 달리 생각해 보는 게 어떤가 싶다. 작가가 되었다는 것만으로 삶이 갑자기 멋있어지진 않으니까. 멋진 글을 쓰는 것만으로 한순간에 성공할 수 있는 건 조선 시대 중기까지나 가능했던 일이다. 그것도 공무원 임용 시험인 과거에서 시를 짓는 재주가 중요했기 때문에 그런 문화가 있었던 것뿐이다. 내 생각에 현대 작가 중에서 돈을 잘 버는 사람은 극소수이고, 글에 담은 사상으로 세상 사람들의 생각을 이끌어 갈 수 있는 작가도 극소수다. 보통의 작가가 그렇게 살기란 어렵다. 새로운 세대의 머릿속에 사상을 불어넣고 있는 것은 유튜브에서 웃긴 영상을 만들어 올리는 사람들이고, 돈을 잘 번 것은 비트코인 초기에 치고 빠진 사람들이다. 물론 소설 한 편의 성공으로 백만장자가 되는 작가도 있고, 사회에 신선한 충격을 주는 생각으로 "무소의 뿔처럼 혼자서 가라"라든가 "그 많던 싱아는 누가 다 먹었을까" 같은 말을 유행시킨 작가도 있기는 하다. 그러나 하고많은 작가들 중에 그렇게 되는 사람은 너무나 적고, 어떻게 하면 그렇게 될 수 있는지 뚜렷한 방법이 보이는 것도 아니다.

　즉 작가가 된다고 자동으로 대단한 무엇인가가 되는 것이 아니라는 얘기다. 작가가 되기 위해 준비하는 사람들끼리 자주 만나다 보면 누가 먼저 책을 낸다거나, 누가 먼저 잡지에 글이 실린다거나 하는 일이 굉장히 크게 느껴지는 수가 있는데, 10미터만 떨어져서 보면 참으로 무의미한 경쟁이다. "너는 아직도 글 쓰는 연습을 하고 있는 작가 지망생일 뿐이지만, 나는 글을 써서 오늘 책을 냈으니 이제 진짜 작가다"라고 자랑하는 것은 어린이들이 우리 할머니가 너네 할머니보다 세 살 더 많다고 자랑하는 것이나 다를 바 없다. 전혀 의미가 없진 않겠지만 딱히 큰 가치는 없는 말이다. "나도 내 책을 냈는데 너는 아직도 책 한 권 못 냈지"라는 속내를 암시하며 거들먹거리는 경쟁자가 있다면 그냥 한심한 인간으로 생각하면 된다. 일부러 신경 쓰며 저주할 필요조차 없다. 그런 식으로 쓸데없이 사람 기운 빠지게 하는 얼간이를 위해서는 여기 곽재식이 당신 대신 항상 저주해 주고 있다.

작가가 되었을 때의 장점은, 내가 쓴 글을 그래도 몇 명가량은 진지하게 읽을 테니 하고 싶은 이야기를 작가가 아닌 사람보다 더 많은 이들에게 들려줄 수 있다는 것 정도다. 그러므로 마음속에 '작가가 되면 멋있겠지'라는 환상이 아니라 독자들에게 뭔가 보여 주고 싶은 내용을 품고 있는 편이 낫다고 생각한다. 세상을 바꿔 놓을 혁신적인 발상이라거나, 누구도 보지 못한 새로운 예술 세계가 아니라도 좋다. 그런 게 있으면 좋기야 하겠지만 '나는 이런 이야기를 보고 싶어서 내가 쓴다'는 정도도 괜찮다. '〈로보캅〉 영화 진짜 재밌었는데 왜 비슷한 이야기가 계속 안 나올까? 더 보고 싶은데. 내가 직접 써 볼까?' 같은 정도라도 충분하다. 혹은 하기 싫은 이야기를 안 하는 방식, 그러니까 '왜 TV 연속극의 패션 회사 이야기에 항상 출생의 비밀이나 연애를 엮은 내용만 나올까? 패션 회사 이야기를 하면서 연애나 출생의 비밀은 다 빼고 진짜 이 바닥 회사원들의 애환을 담고 싶다'는 식이라도 좋다. 작가가 되기만 하면 온 사회의 존경을 받을 자격이 저절로 생기고 자유분방한 예술가의 삶을 살 권리가 주어진다는 생각에 몰두하다가 막상 일이 잘 안 풀리니 절망해서 술독에 빠지기보다, 하고 싶은 이야기가 있고 그것을 보여 주기 위해 작가로 활동한다는 느낌이 건강에도 낫다고 본다.

SF를 쓰는 사람들이 하는 농담 중에 '곽재식 속도'라는 게 있다. 2017년 12월 8일, 듀나 작가가 SNS에 "상반기에 써야 할 단편이 네 편인데, 이 정도면 곽재식 작가의 속도잖아"라고 올리면서 회자되기 시작한 표현이다. 즉 '곽재식 속도'란 글을 쓰는 속도의 단위로, 6개월 동안 단편 소설 네 편을 쓰는 속도를 말한다. 굉장히 빠른 속도로 인식되는 듯하다. 과연 그럴까. 아니, 1곽재식 속도 이상으로 글을 쓰는 작가는 쉽게 찾을 수 있다. 2백 자 원고지 30매짜리 칼럼을 매주 한 편씩 쓰는 작가가 반년 동안 쓰는 분량은 원고지 770장 정도가 된다. 보통 단편 소설 한 편은 원고지 100장가량이므로 계산해 보면 매주 칼럼

한 편씩을 쓰는 작가가 글을 쓰는 속도는 1곽재식 속도보다 훨씬 빠르다. 대략 1.9곽재식 속도가 된다. 요즘 작가들과 출판계에서 수익을 위해 많이 관심을 쏟는다는 웹소설의 세계에서 버티려면 더 많이 써야 한다. 적게 쓴다고 해도 1회에 7,000자씩 1주일에 2회는 연재해야 하는데, 이렇게 반년을 해 나간다면 4.5곽재식 속도가 된다. 웹소설의 세계에서 이 정도는 결코 빨리 쓰는 것도, 많이 쓰는 것도 아니다. 예로부터 연재 소설의 세계는 혹독했던지라, 웹소설 외에도 무엇인가 연재를 하는 분들이 이 정도의 분량으로 작업하는 사례는 드물지 않다. 장편 소설 연재나 칼럼 원고를 쓰는 것과 단편 소설을 쓰는 것은 다르지 않냐는 이야기를 해 볼 수도 있다. 그렇지만 단편 소설이라고 해도 1곽재식 속도는 딱히 글이 풍요롭게 넘친다고 말할 수 있는 속도는 아니다.

대부분의 잡지사나 언론사에서 단편 소설 한 편에 원고료로 지불하는 돈은 잘해야 150만 원 정도다. 짧은 소설을 써 달라며 훨씬 적은 돈을 주는 곳은 흔하다. 그런데 6개월에 네 편이라는 단편 소설을 전부 다 150만 원을 받고 파는 데 성공하는 놀라운 위업을 달성한다 해도 6개월에 벌 수 있는 돈은 600만 원 정도다. 1년이면 1,200만 원이고, 1년 안에 쓴 소설을 다시 15,000원짜리 책으로 엮어 3,000부 판다고 해도 수입은 도합 1,650만 원이다. 최저임금으로 일해서 1년간 벌 수 있는 돈보다도 모자란다. 소설마다 150만 원에 팔 수 있는 것도 아니고, 매년 소설을 엮어 책으로 내 준다는 출판사가 있는 것도 아니므로 실제 수입은 그보다 더 적을 수밖에 없다.

이런 상황을 개선할 아이디어를 계속 사회에서 생각해 나갈 필요가 있지 않을까. 그렇지만 오늘의 요점은 많은 작가들이 계속 땀흘려 글을 쓰고 있다는 이야기다. 누구나 신이 나서 글을 많이 쓸 수 있는 것은 아니다. 의욕이나 성실함도 결국은 주어진 처지에 따라 달라질 수밖에 없다. 어릴 때부터 자상한 피아노 교사에게 음악을 배워 한 곡을 연주할 때마다 주위에서 "정말 아름답다"고 칭찬을 듣는 사람이 음악을 연습

하는 것과, 하루 종일 생계를 위한 노동에 시달리다가 잠깐 짬을 내어 몰래 하모니카 연습을 하면 주변에서 "잠자는데 시끄럽게 한다"고 욕하는 소리가 들리는 사람이 음악에 의욕을 갖게 되는 정도는 다를 수밖에 없다. 좋은 환경에서 가능성을 인정받고 한 발 한 발 전진할 때마다 칭찬을 듣는 사람이 더 노력하고 싶은 마음과, 힘겨운 환경에서 아무도 알아주는 사람도 없이 해 봐야 성과도 없고 욕이나 먹는 사람의 다 때려치우고 싶은 마음을 같은 잣대로 비교하면 곤란하다.

그렇지만 여러 상황을 막론하고 1곽재식 속도 정도는 글 쓰는 사람으로서 도전해 볼 만한 속도라고 생각한다. 반년 동안 원고지 4백 장을 목표로 글 쓸 건수를 만들며 그때그때 결말을 짓고 완성해 나가는 것은 작가가 되려고 준비하는 사람이라면 해 볼 만하다. 당연하게도 사람마다 글을 쓰는 속도나 리듬은 다를 수밖에 없으므로 그보다 더 천천히 쓴다고 해서 안 될 것은 없다. 전혀 없다. 그렇지만 글을 쓰는 양과 속도, 얼마나 꾸준히 작업을 해야 하느냐를 계속 가늠하면서 어떻게 돈을 벌고 어떻게 살아 나갈지 차근차근 준비하며 성실히 작업하는 태도는 중요하다. 오랜 세월 한 단어 한 단어를 고치고 또 고쳐서 다들 기절할 만한 글을 완성하겠다는 생각, 완벽한 글을 싣자마자 다들 유명인사로 대접하며 추앙할 거라는 상상을 하는 사람이라면 결국 뜻대로 안 될 때 나는 재능이 없다, 요즘 시대에 안 어울리는 글을 쓴다고 푸념하게 된다. 그렇게 영영 다른 글은 하나도 안 쓰게 되는 것보다야 더 낫지 않나?

글쎄, 글에 대한 태도가 잘못되어 있기 때문에 내가 더 뛰어난 작가로 성장하지 못하는 것일지도 모른다. 하지만 밀리언셀러를 팔면서 사회가 나아가야 할 커다란 방향을 제시해 주는 유명한 작가가 필요한 만큼, 나처럼 원고료나 인세 같은 것을 쫀쫀하게 헤아리고 계산하는 작가도 사회에 같이 있어야 하는 것 아닐까.

삶에 지칠 때
작가가 버티는 법

초판 1쇄 발행 2019년 10월 10일

지은이 곽재식

발행편집인	김홍민 · 최내현
편집	조미희
일러스트	민소애
표지디자인	이지선
용지	한승
인쇄	한영
제본	한영

펴낸곳	도서출판 북스피어
출판등록	2005년 6월 18일 제105-90-91700호
주소	(121-826) 서울특별시 마포구 방울내로 11길 43 101-902
전화	02) 518-0427
팩스	02) 701-0428
홈페이지	www.booksfear.com
전자우편	editor@booksfear.com

ISBN 9788998791919 (03800)

이 도서의 국립중앙도서관 출판예정도서목록(CIP)은 서지정보유통지원시스템 홈페이지(http://seoji.nl.go.kr)와 국가자료공동목록시스템(http://www.nl.go.kr/kolisnet)에서 이용하실 수 있습니다. (CIP제어번호 : CIP2019037648)